愛には少し足りない

唯川　恵

集英社文庫

目次

愛には少し足りない

1　幸福のかたち

芝木卓之《しばきたくゆき》から結婚を申し込まれた時、早映《さえ》は心からホッとした。

卓之は早映の同僚で三十三歳。髪を無造作に分け、黒の細いフレームの眼鏡をかけた彼は、特にハンサムというわけでも話し上手というわけでもなかったが、穏やかな雰囲気を備えていて、早映を安らいだ気持ちにさせてくれた。

もし自分が二十一歳だったら、彼のことには気がつかなかったかもしれない。けれど、今の早映は彼の良さが見抜けるぐらいは大人になっていた。

現在、卓之は東京郊外の鷺沼《さぎぬま》という街に両親と住んでいる。結婚すれば会社が借り上げたマンションに住むことができる。超一流というわけではないが、安定した会社だ。人柄的にも条件としても申し分なかった。

卓之とは三ヵ月前、会社が主催する懇親パーティで知り合った。

半年に一度開かれるこのパーティは、いわば集団見合いの色合いを持っていて、会社側は、男性社員を仕事に集中させるため、女性社員は長く社に居座らせないために、社内結婚に積極的だった。実際、今までも何組ものカップルがこのパーティで知り合い、結婚へと進展していった。

パーティを仕切っている人事課の友人から「今回、女性の参加者が少ないので頭数を揃《そろ》えるために出てくれないか」と頼まれた。

さすがに躊躇《ちゅうちょ》した。参加者は自分より若い女の子たちばかりだ。早映は三十一歳。かつて何度か参加したことはあるが、この年ともなれば、後輩OLたちに結婚を焦っている女と映るのは間違いない。

いったん断ったが、お願い、と手を合わされた。

結局、しぶしぶという形で承諾することになったが、正直なところ、胸の隅ではいくばくかの期待がなかったわけではない。

入社して九年。OLとしてもうベテランと呼ばれる域に入ろうとしていた。オフィスの中では、いつの間にか上司や後輩に頼られている部分も多くなった。

仕事は嫌いじゃない。楽しくないわけでもない。それでも、最近はそれが重荷に感じられる時があった。特に、ここ二、三年ばかり、何人かの友人や同僚を結婚で見送るたび、自分が何か違うことをしているような、居場所を間違えているような、頼りなげな気持ちになった。

今までに何度か恋愛を経験した。それぞれに真剣な気持ちで付き合ってきたつもりだが、結婚まで至る相手とはめぐり会うことができなかった。相手にそれを決断させるための何かが自分には欠けているのかもしれない、そんな思いが胸の底にある。もしかしたら、一生そんな相手とめぐり会えないのではないかという不安もある。

最近、結婚を強く意識するようになった。

今時、何を時代遅れなことを、と笑われるかもしれないが、自分の心を探ってゆくとやはりそれを望んでいるのだった。結婚して家庭を持ち夫のために食事を作る。子供を産み、自分の手で育てる。そんな生き方が結局自分には合っているのだと、つくづく感じてしまう。

大学入学をきっかけに上京して、そろそろ十三年になろうとしていた。一人暮らしも長くなり、都会で生きる楽しさも術《すべ》もそれなりに身につけた。けれども、そうなればなるほど、自分の立っている場所が不安定なものに感じられてならなかった。

たとえば小綺麗なワンルームのマンションをどれだけ好きなインテリアでまとめても、たとえば会社の自分専用のデスクやキャビネットを使い勝手よく整えても、結局は自分のものではなく、借り物にしか過ぎない。それを思うたび、虚《むな》しいような気分になった。

早映は高価なコーヒーカップセットを日常の中で使うことができない。コーヒーを飲む時は、二年も前に買った安くて丈夫なマグカップを使ってしまう。

つい、もったいないと思ってしまう。こんな高価なコーヒーカップは、今、使うものではなく、いつか必要な時が来てこそテーブルに並べられるものだと感じる。

同じように、自分のためだけに手のこんだ料理を作ったり、誰も見ていないのに部屋着にお金をかけたりするのも、無駄なことに思えた。何のためにこんなことをしているのだろう、これをして何がどう変わるというのだろう、と考えてしまう。

確かに、今の生活は自由と呼ぶことができるかもしれない。けれど、見方を変えれば、底の見えない孤独と隣り合わせに生きているだけのようにも思える。

普段は落ち着いていても、誰かの幸福を垣間見《かいま》たり、予定のない週末にひとりで食事をしていると、ふとした拍子に、まるで発作のようにそれが顔を出し、胸をきりきりと締め上げた。

早映は結婚がしたかった。そうなのだ、認めてしまえば簡単なことだった。笑われようがあきれられようが、結婚がしたかった。

自立も、やりがいのある仕事も、自分には似合わない。それを信じた時もあったけれど、それらは最終的に自分を満たしてはくれなかった。

私は所詮《しょせん》、平凡な女なのだ。仕事に生きるとか、自立して生きるなど向いていない女なのだ。

パーティに誘われてから、期待は少しずつ深まっていった。

もしかしたら何かしらの出会いがあるかもしれない……。

そうして、本当に卓之と出会い、三ヵ月後には結婚を申し込まれた。

この急な展開に、自分でも驚くばかりだったが、望んでいたものが目の前に差し出された嬉しさの方が大きかった。早映自身が、卓之を好もしく思っている。それで十分ではないか。迷うことなどどこにあるだろう。

プロポーズを受けながら、早映は食器棚の奥にしまったままの高価なコーヒーカップを思った。チェストに押し込んである部屋着を思った。エプロンをして時間をかけながら料理を作る自分を思った。

ようやく始まる。

もう借り物ではない、自分の人生がようやく始まるのだと思った。

青山のはずれにある店の前で、早映はタクシーを降りた。

ドアが開くと、ビルの間を吹きぬける風が思いのほか強くて、ブローした髪が舞い上がり、早映は慌てて手をやった。

卓之の叔母である優子の結婚パーティに、早映が招待されたのは、いわば最初の関門のようなものだった。近いうちに彼の両親と正式に会うことになっているが、その前に、卓之はまずはそう遠くはない身内に紹介しておこうと考えたらしい。

卓之いわく「両親より口うるさいんだ」ということで、早映は少し緊張していた。叔母といっても、卓之より六歳上の三十九歳。卓之の母の妹に当たるということだが、小さい頃から親しく行き来していて、優子が大学に入学した時、卓之の家で家庭教師を兼ねて下宿していたらしい。

大学を卒業し、独立した今も近くに住み、しょっちゅう顔を出しているそうだ。だから叔母というより姉といった感じらしく、実際、卓之は〝叔母さん〟ではなく〝ねえさん〟と呼んでいる。

驚いたことに、優子の結婚相手は卓之の大学時代の友人だという。

「聞かされた時は本当にびっくりしたよ。あいつら、いつの間にそんなことになってたんだろう」

卓之は肩をすくめながら言っていた。

初めて身内と顔を合わせるということで、服には気を遣って来た。印象はすぐに優子の口から卓之の両親に伝わることはわかっていた。

散々迷って、凝《こ》った衿《えり》ぐりが特徴の黒いワンピースを選んだ。アクセサリーはシンプルなパールのピアスと、逆に何連もの淡水パールのブレスレット。ネックレスはつけない。つけると衿のカットの美しさが台無しになってしまう。

会場の厚いガラスのドアを開けたとたん、喧騒《けんそう》が波のように溢《あふ》れて来た。

今夜、このレストランバーは貸し切りだ。中はすでに三、四十人の人で賑わっていた。披露宴の後の、友人知人たちばかりの気楽な二次会ということで、堅苦しい雰囲気はなく、早映はホッとしながら足を踏み入れた。

受け付けを済ませてから、早映は卓之の姿を探し、壁ぎわに沿って奥へと進んで行った。

タキシードからジーンズ姿まで、招待客は思い思いの格好をしている。その中から、卓之の姿を見付けだすには少し骨が折れた。

ようやく、カウンターの前に立つ卓之の姿が目に入った。近づくと、早映に気づいて笑顔を向けた。

「ここ、すぐわかった?」

「ええ、素敵なお店ね」

「何を飲む?」

「じゃあキールを」

卓之がバーテンダーにオーダーする。彼はホテルの披露宴のままこちらに流れて来たらしく、礼装用のダークスーツを着ている。白いネクタイが何だか少し窮屈そうだ。

「似合わないだろ」

早映の視線に気づいて、卓之が少し照れたように言った。

「ううん、そんなことない。かなり素敵」

「よく言うよ。さっき、ねえさんに七五三みたいだって言われたよ」

早映は苦笑を返し、会場を見渡した。

「たくさんの人なのね。こんなに盛大だとは思わなかった」

「ねえさんも橋本も、付き合いが広いから」

バーテンダーがキールのグラスを差し出した。早映は受け取ってから、卓之の視線の先に立つ女性に気がついた。

「もしかして、あの方？」

「ああ」

美しく華やかな雰囲気を持っていた。とても三十九歳には見えない。ドレスはオフホワイトで、シルエットは細く、身体の線がくっきりと浮き出ている。背中は深くVカットされ、裾が足首まであり、後ろは長く引きずっている。個性的で大胆で、着るにはかなりの勇気がいりそうだ。けれども、優子にはとてもよく似合っていた。そういえば、アパレル関係の仕事をしていると聞いている。

「ふたりが結婚するって言い出した時は、誰もが腰を抜かすほど驚いたよ。確かに、橋本はよくうちに遊びに来ていたし、ねえさんとも顔を合わせていたけど、まさかね。年だって六歳も違うだろう。だいたいねえさんは結婚するようなタイプじゃないと思ってたし。ずっと仕事ひとすじって感じだったから」

「今時、六歳ぐらいの年の差なんてどうってことないわ。それに優子さんって年齢のことなんか全然感じさせない」

「かもしれないけど、あれは尻に敷かれるよ。ねえさんは今までどおりバリバリ仕事を続けるっていうし、あれで結婚して、ちゃんと妻とか主婦とかやれるのかな」

優子が招待客に挨拶をしている。立ち居振る舞いは優雅だ。落ち着いていて笑顔も堂に入っている。大人の女性を思わせた。

「それにしても女ってうまく化けるもんだな。休みの日なんて、どこかの浮浪者みたいな格好してるんだぜ。そりゃあひどいもんだよ。そういうねえさんのこと、橋本はちゃんと知ってるのかな」

早映は卓之を見上げ、口元を緩《ゆる》ませた。

「女なんて大なり小なりみんなそう。どこかで化けてるの」

「もしかして君も?」

卓之が眼鏡の奥から、少しばかり探るような視線を投げた。

「ふふ、それは内緒」

早映はキールを口に運びながら、口元に笑みを浮かべた。

好きな男ができた時、相手の何もかもが知りたくて、誰でも一度ぐらいは透明人間になってこっそり部屋に忍び込みたいと願ったことがあるはずだ。けれど、本当にそれができたらどうなるだろう。恋なんて成り立つわけがない。たぶん失望と落胆があるだけだ。見えないところは、見せたくないところであり、見る必要のないところでもあるのだろう。

優子がふっとこちらに顔を向け、卓之と早映の姿を認めた。裾を指で軽くつまみながら、ゆっくりとした足取りで近づいて来た。

「早映さん？」

「はじめまして。今日はご結婚おめでとうございます。それから、招待していただいてありがとうございます」

緊張気味に、早映は挨拶した。

優子が満面に笑みをたたえた。

「こちらこそ、いらしてくださって嬉しいわ。早くお会いしたかったの。こちらこそはじめまして。卓之の叔母の優子です」

シニョンに飾った胡蝶蘭《こちょうらん》の花びらがかすかに揺れている。

笑ってはいるが、優子の目は素早く早映の全身を走っていた。値踏みする目だと思った。

「卓之から早映さんの話を聞いて、早く会わせてって何度も言ってたのよ。よかったわ、こうしてお会いできて」

それから優子は卓之に向かって言った。

「想像してたよりずっと素敵な人。正直言ってホッとしたわ。卓之の趣味、あんまり信用してなかったのよね」

「ひどいなぁ」

卓之が子供みたいに口を尖《とが》らす。それを見て、優子は悪戯《いたずら》っぽく肩をすくませた。

「早映さん、いずれは親戚同士の付き合いになるわけだからよろしくね」

「こちらこそよろしくお願いします」

優子の人懐っこい口調に、早映は安心して頷《うなず》いた。

確かに少し気は強そうだが、意地悪な感じはしない。優子の印象はきわめてよく、これからきっと親しい付き合いができると思えた。

やがて新郎の橋本がやって来た。タキシード姿の彼は、もうかなり飲まされているらしくすっかり赤い顔をしている。

「まいったよ、新郎なんてまるで拷問だな。俺、大学のコンパ以来だよ、こんなに飲まされたの」

「本当の拷問は、これから始まるのさ」

卓之が冗談を飛ばし、ふたりは目で笑い合った。

すかさず優子が抗議する。

「あら、そういうこと言うわけ。結婚は女にとっても拷問なのよ。男以上にね。そのことちゃんと認識しておいてもらわなきゃ」

それから優子は早映を振り返った。

「ねえ、早映さん、あなたもそう思うでしょう」

どう答えていいかわからず、返事の代わりに早映は笑いながら首をすくめるしかなかった。

そこで改めて、橋本に早映が紹介された。彼はいくらか衿を整え、急に新郎らしい顔になった。

「どうもはじめまして。芝木とは大学からの友人で、橋本と言います。今日は僕たちのためにわざわざありがとうございます」

「いいえ、こちらこそ。本当におめでとうございます」

橋本は銀行マンだという。少し意外な気がしたが、人当たりのよさを考えると似合わないでもない。

「ねえ早映さん、今なら遅くないわよ。結婚を拷問なんて言われるくらいだったら、卓之との結婚、やめちゃったら」

卓之が慌てて口を挟んだ。

「いや、苦しいばかりじゃなくて、嬉しい拷問もあるさ。俺は喜んで受けたい刑だね」

早映がちらりと上目遣いで卓之を見る。

「ほんとに？」

「ほんとさ、ほんと。誓ってほんと」

橋本が最初に噴き出した。

「これじゃ、先が思いやられるな。すっかり尻に敷かれてる」

「おまえに言われたくないよ」

ふたりのやりとりに、思わず早映と優子は笑い声を上げた。

しばらくして、一組のカップルが近づいて来た。橋本がそれに気づくと、決して大げさではない歓声を上げた。

「おお、藤沢じゃないか。来てくれたんだ」

「結婚披露パーティじゃ来ないわけにはいかないだろう」

藤沢と呼ばれた男は衿の詰まったシンプルな黒いジャケットを羽織っていた。とても整った顔立ちをしている。それはハンサムというより、美しいという範疇《はんちゅう》のものだ。モデルだろうか俳優だろうか。少なくとも早映にはそんなふうに映った。周りを見ると、招待客の女性たちもチラチラと彼に視線を送っているのが窺《うかが》えた。

藤沢は確かに目を引く男だったが、早映をもっと釘づけにしたのは、彼と一緒にいる女性の方だった。

細い眉。その下にある、大きくて形のよい目。それはまるで、今しがた深海から上がって来たばかりの人魚のように濡れていた。実際、彼女は早映たちをめずらしいものでも眺めるように見つめていた。背が高く、一七〇センチ以上はあるだろう身体と、驚くほど小さい顔。部分的にブリーチされた髪は短く切られ、わずかに額と頬にかかっている。耳には小粒のダイヤのピアス。すとんとした形のシンプルなワンピースは濃いパープルで、彼女の白い肌を引き立てている。年齢がよくわからない。最初は年下のように思えたが、見ようによっては早映と同じくらいのようにも思えたし、ふとした拍子に優子より大人に感じた。

早映は胸の中がざわめきだすのを感じていた。不安にかられるような、それでいて浮き立つような、落ち着かない気持ちだった。

ずっと前、これと同じような気持ちになったことがある。あれはいつだったろう。

「それにしても久しぶりだな。ここんところどうしてたんだよ」

卓之が訊《たず》ねると、藤沢は思いのほか柔らかな口調で答えた。

「どうってことないさ。相変わらずだよ」

「踊りはまだ続けてるんだろう」

「ああ。それしかできるものがないからね」

藤沢は、隣に立つ彼女を紹介した。

「堤麻紗子《つつみまさこ》だ。同じダンスカンパニーに所属してるんだ。招待状に、女性同伴なんて書いてあったから、今日は彼女に付き合ってもらった」

「よろしく」

彼女が短く言い、軽く笑みを浮かべた。そうすると、きゅっと唇の両端が上がり、細い眉は美しい曲線を描いた。彼女の態度に、初対面の気後れなどまったく感じられない。むしろ、笑顔の施しを与えているような印象さえ受ける。

堤麻紗子。

早映は口の中でその名を呟《つぶや》いた。会ったことがある、と思った。けれど記憶は薄いベールに包まれている。いつだったろう、どこで会ったのだろう。

「どうも、よく来てくれました」

橋本が少し緊張したように麻紗子に向かって頭を下げた。

彼女は確かに相手に緊張させるものを持っていた。それはたぶん彼女の自信だろう。

麻紗子は今ここに来たばかりだったが、もうここが自分のために用意された場所のような存在感があった。

「あなたみたいな素敵な方とお会いできて嬉しいわ」

さすがに優子は大人としての余裕ある態度で接している。

やがて、橋本と優子は他の友人たちに挨拶するため離れて行った。それをきっかけに、藤沢も麻紗子の背に腕を回した。

「僕たちも何か飲みに行こう」

「そうね」

「じゃあ芝木、また後で」

「ああ」

麻紗子が背を向ける時、彼女は何気なく右手で自分の髪に触れた。

その指先に早映の目が留まった。人差し指にはめられた鮮紅色に輝く指輪。

あれは確か……そうだ、確かにそうだ、あの指輪だ。

気づいた時にはもう、ふたりの姿は人波に紛れていた。

「藤沢って、ちょっと変わってるだろう」

卓之はもうすっかり氷が溶けてしまった水割りを喉に流し込みながら言った。

過去に繋《つな》がる時間を駆け足で追いながら、早映は訊ねた。

「ダンスをしてるって言ってたけど」

「ああ、プロのダンサーをやってるんだ。大学の時からスクールに通ってて、あの時からちょっと変わってた。周りにそんな奴は誰もいなかったからね。卒業してすぐアメリカに渡って、二年かな、あっちで修業して来たんだ。日本に戻って、今は何とかいうダンスカンパニーに所属して、公演とかもやってるらしいけど、そんなのでちゃんと食ってゆけるのかな」

「あの堤麻紗子さんって人は？」

「さあ、俺も今日が初めてだからよくわからない。だいたい、あいつが女性と一緒なんて初めて見たから、ちょっと驚いた。あいつ、あれだけのいい男だろう。学生時代も寄って来る女はゴマンといたのに、見向きもしなかったんだ。踊ることしか考えていないってふうだったよ。まあ彼女なら、いかにも藤沢に似合いって感じだけど」

すでに、早映の記憶ははっきりとした形を作り上げていた。

彼女だ。間違いない。あの指輪が確かにそれを物語っている。あの時は髪が腰に届くほど長かった。だからわからなかったのだ。

「どうかしたの？」

卓之に顔を覗《のぞ》き込まれて、早映は慌てて首を振った。

「ううん、何でも」

「もう少し飲む？」

「素敵な人ばかり次から次と現われるから緊張しちゃった。飲むより、私、少しおなかがすいてるの。何か食べたい」

「俺も食べたいよ。ほんと、披露宴の料理なんて食った気がしないもんな。それにすっかりカメラマンやらされてさ、ゆっくり食べる暇もなかったんだ」

早映は卓之と連れ立って、料理が並んだコーナーへと近づいた。

人波の間から、藤沢と麻紗子の姿が見え隠れする。この会場の中で、そこだけが違う空気に包まれているようだった。繊細で透明で、そのくせ不健康で猥雑《わいざつ》な空気だ。

しかし、それはとても魅力的な輝きを放っていた。直接近づくことはなくても、誰もがふたりを意識していた。そして意識されていることを十分に知りながら、無防備に佇《たたず》むふたりは、すでに舞台に立つダンサーなのかもしれなかった。

麻紗子はもうあの時のことなど忘れているだろう。覚えているような状況ではなかったし、早映もすぐに引っ越してしまった。だいたいもう十年も前の話だ。

会場は和《なご》やかだった。今夜は卓之にとっても懐かしい顔ぶれが揃ったらしく、結婚披露パーティというより、ちょっとした同窓会のようだった。

卓之とバイキング形式の食事をしている間にも、何人もの顔見知りがやって来て「久しぶりだな」「元気だったか」といった挨拶が交わされた。そのたび、早映は感じのよい女性として相手に印象が残るよう、笑顔を絶やさず、控えめに、それでいて訊ねられたことには自分自身の言葉できちんと答えるよう努力した。

しかし、やがて卓之は友人たちに連れ去られてしまい、仕方なく、早映はひとりで壁ぎわのスツールに腰を下ろした。初対面の相手ばかりで、少し疲れてしまったのもあった。

新婦の優子の華やかな友人たちと、新郎の橋本の賑やかな友人たち。それぞれに小さなグループができあがり、あちこちで話が盛り上がっている。早映はぼんやりとそれを眺めていた。

「飲まない？」

その時、目の前にグラスが差し出された。顔を上げると、麻紗子だった。

「カシスソーダよ。すっきりするわ」

「ありがとう」

早映がグラスを受け取ると、麻紗子は隣のスツールに座った。足を組んでも、スリットから見える引き締まったふくらはぎが少しも筋肉の形を崩さない。それは鍛えられた脚だった。早映の視線はついそこに吸い寄せられた。

「あなた、名前、何て言ったかしら？」

麻紗子は高飛車《たかびしゃ》な訊ね方をした。大して年も変わらないと思うが、それが彼女流の口のきき方なのだろう。

「君島早映よ」

「そう。退屈しない？　こういうとこ」

「特別楽しいってこともないけど、退屈してるってわけでもないわ」

「私はもう駄目。渡《わたる》に頼まれたから仕方なくついて来てあげたけど、こういう場所って向いてないのよね」

そう言いながら、彼女は膝に置いた小さなバッグから煙草を取り出した。バッグは煙草が入ってしまえばいっぱいになるような小ささだ。その中にはきっと化粧直しのためのコンパクトも口紅も入っていないのだろう。素肌に自信を持っている証拠だった。早映はあれやこれやと詰め込んである自分の大ぶりのバッグがひどく野暮ったく感じられた。

この際、訊ねてみようかと思った。十年前のことだ。けれど、口に出すには少し気の重くなる内容だった。彼女が忘れているなら、わざわざ蒸し返すことはない。

会話を探して、早映は指輪に目を向けた。

「その指輪だけど、とても素敵ね。何ていう石？　ルビー？」

「ああ、これね」

麻紗子は顔の高さまで手を上げ、ダウンライトにかざした。

「アレキサンドライトよ。大げさな名前でしょう。ロシアでこの石が初めて発見された時、皇帝だったアレクサンドルII世からとったんですって。ウラル地方の骨董品《こっとうひん》屋で見付けたの。百五十年くらい前のものらしいわ」

「赤が鮮やかできれい」

「夜はね。でも昼間は色が変わるの」

「変わるって?」

「太陽の光の下では、この赤とは似ても似つかない深い緑色になるの」

「へえ」

「素敵でしょう、昼と夜とでまったく違う色になってしまうなんて。まるで二重人格の指輪みたいと思わない?」

「そうね」

早映は指輪から目が離せなくなった。

「気に入ったみたいね、この指輪」

「ええ」

「欲しい?」

ストレートな言い方に、早映は思わず首をすくめた。

「そういうのがあればね」

麻紗子は指を目の高さにまで上げて、唐突に言った。

「もしかしたら、将来、この指輪はあなたのものになるかもしれないわ」

早映は思わず顔を向けた。

「どうして？」

「あの時、骨董品屋のおやじが言ってたの。この指輪は代々本当に欲しがってる女性の手元に渡されてゆく運命なんだって。だからあなたが心から欲しがれば、きっとあなたのものになるわ。でもね、呪いがかかった指輪だから、一緒に悪霊もとり憑《つ》いてしまうかもしれないけど」

早映が返す言葉を失うと、麻紗子は背中を反《そ》らせて笑った。からかわれていると、その時になって気づいた。

「今度、公演があるんだけど観《み》に来ない？」

麻紗子が言った。

「え？」

「所属しているダンスカンパニーの定期公演よ。チケット送るわ。それとも興味ない？」

「そんなことはないけど。でも、どうして」

私を、と続ける間もなく、彼女が答えた。

「だって、あなたにはまだお礼もしてなかったものね」

早映は麻紗子を見つめ直した。形のよい唇から煙草の煙が細く吐き出される。その眼《まな》差《ざ》しは、すでに早映の思いを把握していた。

「覚えてたの、私のこと？」

「もちろん」

「だったらすぐ言ってくれたらよかったのに」

「さっきは、あなたが思い出してないようだったから」

麻紗子が目を細めた。

「お世話になったわ、あの時は」

「そんなこと」

「あなたのおかげで死なないで済んだもの、いわば命の恩人」

「大げさね」

「下手《へた》したら刺されていたかもしれない。あの後、訪ねたのよ。でももうあなたは引っ越した後だった」

その時、藤沢が姿を現わした。

「麻紗子、そろそろ帰ろうか」

と、いくらか疲れた声で言った。

「ええ、そうね」

と、藤沢に頷いてから、麻紗子は早映に顔を向けた。

「ねえ、住所を書いて。チケット送るわ。その大きなバッグの中なら何か書くものがあるでしょう」

早映は手帳を取り出し、自分のマンションの番地を記した。

「じゃあね」

彼女はそれを受け取ると、手にした小さなバッグの中にむりやり押し込み、藤沢と連れ立ってドアに向かって歩き始めた。

リノリウムの床なのに、ふたりはまるで毛足の長い絨毯《じゅうたん》の上を歩くような足取りだった。踊ることを職業とする人間は、歩き方ひとつもこんなに美しいものなのだろうか。周りの視線が糸を引いて彼らを追っている。その中を臆《おく》することなく、誇示することもなく穏やかな足取りで消えてゆく。早映はほとんど見惚《みと》れながら、最後まで見つめていた。

もう十年も前のことだ。早映が下落合《しもおちあい》のアパートに住んでいた時、隣の部屋にいたのが麻紗子だった。

そこは女性専用アパートで、ほとんど女子学生で埋まっていた。多少派手か地味かの違いはあってもどこか統一された人間ばかりの中、麻紗子の存在は誰の目にも奇異に映っていた。

彼女には学生の匂いがまったくしなかった。かといって働いているふうでもなく、早い話、何をしているのかよくわからなかった。

麻紗子は腰まである長い髪をブリーチし、毛先はもつれた毛糸のようにいつもくしゃくしゃだった。服装は派手というより、とにかく変わっていて、東南アジアの民族衣装を連想させるような雰囲気を漂わせた、ぞろっと引き摺《ず》るようなスカートや、織りの凝ったジャケットを着たりしていた。

麻紗子は住人たちにまったく関心を示さなかったし、住人たちの方も、麻紗子に近寄るようなことはなかった。だいいち行動の時間帯が違っていて、隣に住む早映でさえ、ほとんど顔を合わせたことはなかった。

ごくたまに会う時もあったが、そんな時はいつも男と一緒だった。そして、いつも違う男だった。

関係ないと言ってしまえばそれまでだ。ただひとつ、早映が困惑させられていたことがある。真夜中、麻紗子の部屋から聞こえるさまざまな物音や声だ。それは明らかにベッドの中でのものだった。

小綺麗だが安普請《やすぶしん》のアパートは、テレビや音楽を消すと、隣の部屋の状況が伝わって来る。ましてや深夜となると、辺りの静けさに増幅されて、筒抜けと言ってもよいくらいだった。

最初、何の音かわからなかった。けれどそれと気づいてからは、壁一枚隔たれた場所で行なわれている行為がいやがおうにも想像させられた。

あの頃、早映はまだバージンだった。もちろんセックスに興味はあったし、自分の欲望にも気づいていたが、毎夜のように男を引っ張り込み、ましてや毎回違う男で、嬌声《きょうせい》を上げたりベッドをきしませたり、隣に聞こえることを気遣うこともしないなんて、軽薄で礼儀知らずの女としか思えなかった。

頭から布団をかぶって悪態をつくしかなかった。男にだらしない女は、どうせ将来不幸になる。本当の愛もセックスも知らないんだ。などと、急に健全な女になって、道徳の時間のようなことを考えたりした。

そうやって眠りが訪れるのを辛抱強く待つしかなかった。

あれは二月の末だった。

希望していた会社に就職が決まり、卒業を目前に控えた早映は、すでに新しいマンションも見つけ、三日後にアパートを引っ越す予定でいた。

夜遅くまで荷物の整理をしていると、玄関ドアに何かぶつかる音がした。

ドアスコープから外を覗いても、何も見えない。悪戯《いたずら》かもしれない、としばらく放っておいたが、また音がする。早映はチェーンをかけたまま、薄くドアを開けようとした。が、開かない。何かとても重いものが引っかかっているという感じだった。

ドアの隙間《すきま》から覗いてみると、髪が見えた。最初は飛び上がるほど驚いた。髪は長く、毛先はくしゃくしゃだ。どうやら隣の女らしい、とようやく気づいた。

「どうしたんですか、うちに何かご用ですか」

ドアの内側から声をかけてみたが、返事はない。

早映は仕方なくチェーンをはずして、もう一度ドアを押した。かなりの力が必要だった。

力を込めると、どさりと倒れる音がした。うずくまっているのは間違いなく彼女だ。

「あの……」

早映は声をかけた。

「どうかしたんですか」

手を肩に置いて揺らすと、ようやく気づいたかのように、彼女はゆっくり顔を上げた。その顔を見て早映は思わず身を引いた。唇が切れ、いく筋もの血が首から胸へと流れていた。目蓋《まぶた》は腫《は》れ上がり、髪はいつにも増してくしゃくしゃだった。

声も出なかった。

「かくまって……」

麻紗子が途切れ途切れに言った。

「え……」

「男に、追いかけられてるの……」

「そんな」

「ちょっとでいいから……お願い」

声が擦《かす》れていた。その様子を見ていると、断れなかった。

早映は麻紗子を部屋の中に入れた。ベッドの背に寄りかかるように座らせると、すぐにティッシュで流れた血を拭《ぬぐ》い、濡れたタオルを用意して、腫れた目に当てるよう手渡した。

薬箱を開けて絆創膏《ばんそうこう》を探していると、バタバタと廊下を走る音がした。男がやって来たらしい。男は乱暴に麻紗子の部屋のチャイムを押し、ドアを叩《たた》き始めた。

早映は慌てて部屋の灯りを消し、スタンドライトだけにした。うちに来たらどうしよう、と身のすくむ思いだったが、当の麻紗子は意外と平気な顔をしていた。

「悪いわね」

「ううん、いいの……」

男が声を張り上げている。

いるのはわかってるんだ、出てこい。

しつこいほどに叫んでいる。

「いつまでいるつもりかしら」

「さあ、結構、根に持つタイプだから」

まるで他人事《ひとごと》のように麻紗子は言う。

「ねえ、一一〇番した方がいいんじゃない？　殴られたんでしょう。もっと何かされるかもしれない」

「いいのよ」

「でも」

「私も、あいつの手にハサミを突き立ててやったんだから」

こともなげに麻紗子が言ったので、早映は絶句した。

「灰皿ある？」

「えっ、えっと、ちょっと待って、代わりになるもの何か今……」

早映はキッチンから小皿を持って来た。麻紗子が煙草を吸う。その爪先にはまだ血がこびりついている。

その時、初めて、右の人差し指に赤く光る指輪に目がいった。それはまるで流れ出た血に染まったかのような色をしていた。

早映はしばらく指輪から目を離せなかった。そういう人の目を惹《ひ》きつけてやまない何かを持っている指輪だった。何という名前の石なのか訊ねたい気がしたが、今はそんなことを聞いている場合じゃない。

麻紗子はそれからあまり喋《しゃべ》らなかった。ベッドに背を預けたまま、ぼんやりと天井を見つめていた。早映も眠るわけにいかず、部屋の隅で膝を抱えていた。時々、麻紗子の煙草の煙が、彷徨《さまよ》うように揺れていた。

成り行き上かくまったものの、早映は決して麻紗子に同情しているわけではなかった。むしろ、何て女、と思っていた。やっぱりこんなことになってしまった。自業自得、自分で蒔《ま》いた種というものだ。あんな生活をしていれば当然の報いだ。

明け方、そろそろ人が動き始める時刻になって男はようやくあきらめたらしい。最後に大きくドアを一度蹴り上げると、後は静かになった。

「帰ったみたいね」

早映が言うと、麻紗子はゆっくりと顔を上げた。

「そうね。でも、また戻って来るかもしれない」

「まさか」

「言ったでしょう。しつこい男だもの」

「どうするの?」

「しばらくの間、友達のところにでも隠れていることにする。ありがとう。助かったわ」

そう言って麻紗子は立ち上がり、玄関に向かって行った。

「あ、ちょっと待って、私が先に出てみるから」

早映は恐る恐るドアを開け、廊下に顔を出し、男の影を窺った。

「大丈夫、いないわ」

振り返って手招きをする。

「そう、じゃ」

麻紗子は玄関を出て行った。

そして、それから彼女とは一度も顔を合わせないまま、早映はアパートを引っ越した。


週末、早映は卓之とふたり、ゆったりとした時間を過ごす。

卓之が車で迎えに来てお台場や横浜をドライブするか、銀座か青山の映画館やイベントに出掛けるか、時にはこれから必要となるちょっとした生活用品などの買物をする。そうしてその後、ふたりで早映のマンションに帰る。

部屋に入ると、早映は卓之のためにコーヒーをいれる。卓之は口うるさいタイプではないが、コーヒーにだけはこだわりがあり、付き合い始めてから、卓之の好みのブレンドを、卓之から教わった店で買い求め、それを絶やしたことはなかった。

早映は食器棚から、普段は使わないコーヒーカップを取り出すその瞬間が好きだった。これこそ、早映が望んでいたことだった。通勤着でもなく普段着でもない、気のきいた部屋着も数が増えるようになっていた。大して必要がなくても、キッチンに立つ時は必ずエプロンをした。

誰かのために何かをすること。喜ばせたいと望む気持ち。そしてそれが決して無駄にならず、確実に実を結ぶことを約束されているという現実は、何て穏やかな気持ちにさせてくれるのだろう。早映はそのことに時々うっとりした。

テレビを観たり音楽を聴いたりして少し時間を過ごし、ふたりはベッドに入る。

卓之のセックスはとても丁寧だ。キスや愛撫《あいぶ》にも彼の性格が感じられる。卓之は決して自分勝手を押しつけることはなく、律儀さはベッドの中でも変わらない。だから早映は安心して身を委《ゆだ》ねていればいい。

今まで、幾人かの男と恋をし、セックスもした。かつての恋人たちと比較する趣味はないが、三十一歳にもなれば、欲望のままではなく、こういった安定感の上に成り立つセックスがいちばん落ち着けるように思う。

駆け引きや、焦《じ》れったさや、疑いや、孤独に苛《さいな》まれるのはもうごめんだった。それが恋愛という言葉で片付けてしまえるのは、結婚なんてまだ先、と考えている段階でのことだ。

結婚したいと思う女が、結婚したいと思う男と出会い、お互いを気に入り、結婚を前提にしてセックスをする。もしかしたら、それが本当の意味での恋愛というものではないかと思えてくる。

卓之の指が早映の身体の奥深くへと伸びる。早映は卓之の髪の中に指を滑り込ます。そして頭の中からセックス以外の何もかも放り出そうとする。

やがて卓之が姿勢を変える。膝が広げられ、ふたりの身体がその一点で繋ぎ合う。卓之の動きが速くなる。早映は声を上げる。そしてのぼりつめる自分を待つ。

やがて、卓之はゆっくりと身体を離し、ひとつため息をついた。

早映は閉じていた目を開け、天井を眺めた。灯りの消えた部屋は、ふたりの呼吸だけが空気を動かしていた。

「うーん、満足」

卓之が、照れ臭さを茶化しながら言った。彼はよく最後にこの言葉を使う。それがエチケットとでも思っているように。

早映もまた、頷く。

「私も」

けれども正直なところ、身体はまだ中途半端に漂っていた。自分はまだ到達していない。焦れったい思いが、行き場のないまますぶっている。物足りなさと、落胆がないまぜになって早映を戸惑わせている。

こんな時、早映は自分がこれから手にしようとするたくさんの幸福を考えるようにした。

ウェディングドレスはどんなデザインにしよう。ハネムーンはどこに行こう。新居のリネン類はどんな色で統一しよう。

「そろそろ君のご両親に挨拶に行かなきゃな。まだ電話でしか話したことないからね。そのことずっと気になってたんだ。いつがいいだろう。予定を聞いておいてくれないか」

また一歩、夢が現実に近づいてゆく。

「連絡してみる。父も母もきっと喜ぶわ。早くあなたを連れて来いってうるさいんだもの。週末を利用して行けば岡山市内も少し見て回れるしね。土曜日はうちに泊まってね。狭いところだけど」

「ご両親に、俺のこと気に入ってもらえるといいけど」

「大丈夫よ、卓之さんなら申し分ない。文句なんか言われたら、私、親子の縁を切っちゃう」

卓之が苦笑し、早映の頭を自分の方へと引き寄せた。

「その前に、俺の両親に会ってもらわなきゃ。来週の日曜、どうだろう」

早映はわずかに頭をもたげた。

「ほんと？　もちろん大丈夫よ。大変だわ、何を着て行こうか考えなくちゃ。美容院にも行っておきたいし」

「いいよ、そのままで」

卓之があきれたように笑っている。

「ねえ、もし気に入られなかったらどうしよう」

「そんなことないよ。俺の選んだ人だ、気に入らないわけがないよ。実は、お袋が自分よりねえさんに先に会わせたことを僻《ひが》んでるんだ。それまではもう大人なんだから、何でも自分たちでやればいいなんて言ってたのに」

言葉と共に卓之の胸が上下する。早映はその揺れに頬を押し当てる。

「来週の日曜ね」

「ああ、迎えに来るよ」

セックスした後、少し疲れた身体を横たえて、こんな話ができることの幸運を思った。卓之は、済めばさっさとシャワーを浴びる男でも、イビキをかいて寝てしまう男でもない。何より自分と結婚したいと望んでいるのだ。

やがて卓之はベッドから身体を起こし、早映に短くキスすると、バスルームへと入って行った。早映はうつぶせになり、目を閉じた。

身体の中の残滓《ざんし》のようなものが、少しずつ薄れてゆく。早映はそれが完全に消え去るのを待った。

「こんなことぐらい……」

と思う。

そう、こんなことぐらい何だというのだ。たとえ卓之とのセックスで、あの一瞬を迎えることができないとしても、この安定した心地よさとは較《くら》べものにならないではないか。

今までだって、セックスそのものが完璧に自分を満足させてくれたことがあっただろうか。たとえ身体は満たされても、胸の中は冷たく凍っていた時の方が多かったように思う。

だいたい、この世のどれだけの女が恋人や夫とのセックスに満足しているだろう。サービスか快感か、自分でもわからなくなっている女性は山ほどいるはずだ。それを不満と思ってしまえばそれまでだが、そのサービスさえもひとつの愛の形と考えることもできるはずだ。

バスルームから、シャワーの音が聞こえて来た。棚には卓之専用のバスタオルが置いてある。通信販売で買ったままになっていたそのバスタオルを、卓之のためにクローゼットから取り出した時、嬉しかった。

嬉しいと思うことは、何て気持ちのいいことだろう。それはセックスの満足とどんな差があるのだろう。

アパートの郵便受けに、麻紗子からの封筒を見付けたのは、その週の半ばだった。

早映は部屋に入り、すぐさま封を切った。入っていたのはチケットが一枚だけだ。メモすらもない。

「金曜日、急なのね」

日曜は卓之の家を訪れることになっている。金曜に美容院に行っておくつもりで予約を入れていたので、どうしようか迷った。でも、あの時約束した。早映としても、麻紗子の踊る姿を見てみたいという気持ちがあった。

結局、予約は土曜日に回し、その日、早映は仕事を終えてから会場に出掛けた。

渋谷にある地下ホールは、すでにかなりの人が集まっていた。その中で、自分が場違いな存在であることは、階段を下りる時から気がついていた。

チャコールグレイのミニスーツ、黒のパンプスに大きめのトートバッグ。いかにもOLしてますと自己主張しているようなものだ。けれども会社帰りだから仕方ない。たぶん客の中にもOLはいるのだろうが、それを感じさせるようなタイプはひとりも見当たらなかった。

年齢層もかなりばらけている。誰もが個性的で、たとえば六〇年代ぽいヒッピーふうがいるかと思えば、ユニセックスな黒ずくめ、ジーンズにブルゾン、時々見るからに高級なプレタ姿というのもあった。街を歩いていて、時々ふっと目がゆくどこか違うと思わせる人種、そんな人間を二百人ばかり集めて来たという感じだった。

早映は早々に席につき、パンフレットを広げた。麻紗子の名を探すと、中盤にペアで踊ることになっていた。相手役はこの間会った藤沢だ。

「すみません」

声をかけられて、早映は顔を上げた。まだ十代かと思われるような男の子が立っていた。

「君島早映さんですか?」

「はい、そうです」

「麻紗子さんが、ステージがはねたら会いたいって言ってるんですけど」

予定はこの後何もない。せっかくチケットも送ってもらったのだし、麻紗子がそう言うならもちろん異存はない。

「わかりました」

「じゃあ、これを」

男の子はポケットからメモを取り出した。六本木の店の名と所在地が書かれてある。

「ここで待ってて欲しいそうです」

「どうもありがとう」

男の子が姿を消すと同時に、開演を知らせるブザーが鳴った。ロビーに残っていた客たちが席につく。席はほとんど埋まっているようだった。照明が落ち、ざわめきが引いてゆく。しんと張り詰める一瞬。

幕が上がった。

「六本木」

と告げて、早映はタクシーのシートにもたれかかった。

興奮がまだ胸を熱くしている。公演中、チリチリと肌が粟立《あわだ》つ感覚を何度も味わった。クラシックバレエの雰囲気もあり、モダンでもあり、民族的でもあり、それでいて前衛的な要素も含まれていて、まるで料理で言えば無国籍ふうとでもいうように、何の決まりもなく、味わい方も自由で、それでいて基本にあるものはたったひとつ、身体なのだった。

人間の身体が持つ直線や曲線や角度や立体を、しなやかに軽やかに、時にはグロテスクにさえ見せつける。いつか早映の五感のすべては舞台に占められていた。

特に麻紗子と藤沢の踊りは強烈だった。ふたりともほとんど裸体に近く、身体にまとった薄いシフォンが、まるで別の生きもののように光となり影となり、彼らを動く絵画のように縁取っていた。スペインを思わせるギターの音色が、踊る側と見る側の狂気を静かにかきたててゆく。

早映は身体の奥深くで熱くせり上がってくるものを感じた。それは性的な興奮にとても似ていて、もしかしたら今、自分はとても淫《みだ》らな表情をしているかもしれないと思わせるほどだった。

六本木の交差点でタクシーを降り、飯倉《いいくら》方面へと歩いてゆく。

週末の夜ともなれば、この街はお祭り騒ぎだ。着飾った女の子たちが、長い髪をなびかせながら通り過ぎてゆく。みんな顔が小さく、スタイルがよくて、バービー人形みたいだ。彼女たちにとって下着と服の区別はほとんどないらしく、惜しげもなく胸や足を晒《さら》している。

二人連れの女の子が前から歩いて来た。これでもかと耳に首に腰に手首に足首に、アクセサリーをつけている。まるで防腐剤や着色料をたっぷり使ったジャンクフードみたいに見えた。けれどもいやらしい感じはせず、むしろ、そこまで装うと小気味よささえ感じた。

道端に立つ浅黒い肌の男の子が駆け寄って、彼女たちに声をかけている。

「ねえねえ、うちに遊びに来てよ。今夜は女性無料デーだからさ」

たぶんクラブかカジノバーの客引きだろう。

もちろん、早映には声などかからない。

いつ頃からだろう、彼らの目が素通りするようになったのは。もう彼らにとって早映は対象にならない。商売ももちろんだが、たぶん女としてもだ。もちろん早映の方もそんな男たちに興味もないし、今さら、落胆するような年齢でもない。けれども、どことなく寂しいような腹立たしいような気分になった。

決して、まじめ一辺倒で来たわけではなく、クラブにも通ったし、よく飲みにも出掛けた。学生生活もＯＬ生活もそれなりに楽しんだ。ハメをはずしてバカ騒ぎしたこともある。けれども、一定のラインを越えるような度を過ぎた無茶をするようなことはなかった。

それはそれでよかったと思っているが、一定のラインとはいったい何が基準だったのだろうと、早映はふと考えることがある。

もし自分に、彼女たちのような見せびらかしたいほどの容貌とスタイルと、行動を決して会社や田舎の両親に知られないという条件と、何かしらの勇気があったとしたら、そのラインは同じ所に引かれていただろうか。

きっと、違っていたと思う。

たとえば？

そう、たとえばもっと遊び回って自由に恋をして、奔放に振る舞って……。

そんなことを考えている自分に気づいて、早映は思わず苦笑した。今さら何を子供じみたことを考えているのだろう。もし、で始まる話など、何をどう考えようが結局は夢物語でしかない。無駄なことだ。

自分はもうすぐ結婚する。足も胸も出す気はないし、割引券も必要ない。年齢のことだけではなく、所詮、彼女たちとは人種が違うのだ。

人通りが少なくなってきた。早映はメモを確認した。店の名は『ポワゾン』。

店はなかなか見付からなかった。メモを手にして、何度も同じ道を行き来した。そしてようやくその名を見付けた。看板などはなく、古いビルの郵便受けに小さく『POISON』と書かれてあるだけだった。これでは見付からなくて当然だ。

地下に続く細い階段を下りてゆくと、重そうな木の扉が見えた。そこにも何も書いていない。けれど店はひとつだけだ。

ドアを押すと思ったよりずっと軽く開いた。その呆気《あっけ》なさにいくらか戸惑いながら中を窺うと、十人ばかり座れるカウンターが見えた。それから奥にボックス席が三つ。こぢんまりしたバーだった。それだけに、常連しか寄せ付けない感じがした。

ボックスはふたつが埋まっていて、カウンターには誰もいない。麻紗子もまだ来ていない。

ここで待とうか迷った。少し時間をつぶしてから出直そうか。ひとりで待つにはどうにも戸惑う店だ。それはさっき劇場に入った時と同じ種類のものだった。ここは自分の来る場所ではないように思えた。

その時、カウンターの中から声がかかった。

「待ち合わせですか？」

「はい」

早映が頷くと、彼はカウンターの上にコースターを載せた。ここへ、という合図だった。

促されるように早映はドアを閉じて、スツールに腰を下ろした。

「何にしましょうか」

「バーボンソーダをください」

どうやら彼が店のマスターらしい。四十代の後半のマスターは、瘦《や》せた身体とどこか暗い印象の眼差しを持っていた。けれども、その目の奥に早映をリラックスさせようという気遣いがかすかに見えて、少し気持ちが楽になった。

「どうぞ」

グラスが前に差し出された。

「ありがとう」

早映は受け取り口に運ぶ。炭酸の細かい泡が舌に心地いい。ひとりの居心地の悪さと喉の渇きのせいで、早映はすぐにそれを空にした。

二杯目をオーダーすると、それを用意しながらマスターが訊ねた。

「誰と待ち合わせかな？」

「堤さんです、堤麻紗子さん」

「ああ、麻紗子ちゃんか。友達？」

「そう言っていいのかな、口をきいたのはまだ二度しかないんですけど」

「二度きいたのなら友達だろう。彼女は嫌いな奴とは二度と口をきかないから」

マスターが口元を緩めた。笑うと意外に人懐っこい表情になる。

「このお店、看板って出してないんですね」

「昔はあったんだけど、酔っ払いが壊しちゃってね。新しいのを作るのも面倒だからそのままにしてあるんだ」

「ドアにも」

「もしここに、ふたつの瓶があるとする。ラベルの貼ってない瓶と、髑髏《どくろ》のマークがついている瓶、君ならどっちの方が怖いと思う？」

早映は首をすくめた。

「貼ってない方」

「だろう」

「でも、私ならたぶん両方とも手を出しません」

「それは賢明だね」

マスターがわずかに笑い、カウンターの隅へと行ってしまった。

奥のボックス席からは、ざわめきのような笑い声が流れてくる。ここは嬌声を上げたり、他人に興味を示すような子供っぽい客はいないようだ。放っておかれる、というのは悪い気分ではなかった。そうされることが、いちばん似合っている店だった。

二杯目のグラスが底をつきかけた頃、麻紗子が入って来た。

「すぐわかった？　ここ」

そう言って、隣のスツールにふわりと腰を下ろした。麻紗子の動作はいつも重力というものがないのではないかというくらい軽やかだ。

「ちょっと迷ったけど」

「マスター、ウォッカね。たっぷりライムを絞って」

麻紗子はシャワーを浴びて来たらしく、まだ髪が完全に乾き切っていない。わずかにシャンプーの匂いがした。身体の線をくっきりと浮き出す黒いセーターとパンツ。セーターは大きく衿ぐりが開いていて、ちょっとした仕草で胸の中まで見えてしまいそうだった。それでも少しもいやらしさを感じさせないのは、たぶん、小さくしまった胸のせいだろう。その上に同じ黒のシルクのジャケットを羽織っている。ほとんどノーメークで、赤い口紅をしている。それは指輪と同じ色をしていた。

「舞台、どうだった？」

「すごく素敵だったわ」

「でしょう。ステップで二ヵ所ほど渡と呼吸の合わなかったところがあったんだけど、出来としてはかなりよかったと自分でも思ってるの」

マスターが麻紗子の前にグラスを置いた。

「紹介するわ。この人は、私の命の恩人。本当よ。この人がいなかったら、今頃ここでウォッカなんか飲んでいられないんだから」

「それはそれは」

「名前はね」

と言ってから、麻紗子は早映を振り返った。

「あら、何だったかしら」

早映は少々あきれながら名乗った。

「君島早映よ」

「そう、君島早映。ねえ、これから早映って呼んでいいでしょう。その方が簡単でいいから。私のことも麻紗子って呼んでくれて構わないから」

麻紗子はすべて一方的に話をすすめてゆく。けれど、それはそれで、悪い気分でもなかった。

「都築《つづき》です」

マスターがその時だけ、やけに改まった口調で、礼儀正しく頭を下げた。

それを見て、麻紗子が不躾《ぶしつ》けな笑い声を上げた。

「都築さんって、変な人なの。こんな店には不似合いな理屈屋でね。客がいない時は何だか難しい本ばかり読んでるの。どうせ来る連中は、アル中の成れの果てとかろくでなしの頭を使わない奴ばっかりなんだから、そんなことしたって何の役にもたたないのに」

「僕にとってはみんな大切なお客だよ」

「本当にそう思ってる？」

「もちろん」

それからゆっくりと早映に視線を向けた。

「命の恩人って言ったけど」

麻紗子が頷く。

「そう、私が男に殺されそうになった時、かくまってくれたの。あの時、彼女がいなかったらって考えると、ぞっとするわ」

「なるほどね」

「感謝してるのよ、私」

早映は居心地の悪い気分でグラスを口にした。そんな大げさな話じゃない。たまたま隣に住んでいて、たまたま部屋にいただけだ。

「もう十年も前の話だわ」

「そうか、あれからもうそんなにたっちゃったんだ。私って意外と記憶力がいいのね。早映のこと、ちゃんと覚えてたんだから、自分でもびっくりだわ」

都築が淡々と言った。

「それは年寄りに近づいた証拠さ。年寄りは、今朝のことは忘れても四十年前のことはよく覚えてる。今朝、何を食べた？」

「あら、やだ、何を食べたんだっけ」

「だろう」

「でも、私は大丈夫、私、年寄りになるまで生きるつもりはないから。そこまで自分が生きるって気がしないのね。若いままで終わるの。みんなが年を取ってシワとかシミとかで汚くなっても、私はいつも若いままのところでストップしてるの」

「何も年齢が若いから、若いってわけじゃないよ。若くても、年寄りの人間はたくさんいる」

麻紗子が間髪を入れず言った。

「あらマスター、それって自分のこと？」

　マスターは思わず噴き出した。

「よくわかったね。僕は生まれた時から年寄りなんだ。だから覚えているのは生まれるずっと前のことだよ」

「前世ってこと？」

「まあね」

「前世は何だったの？」

「もちろん年寄りに決まってるだろ」

　今度は、麻紗子と早映が噴き出す番だった。

　新しい客が入って来て、都築はふたりの前から離れて行った。

「マスター、面白い人でしょう」

　麻紗子が彼を目で追い掛ける。

「みたいね。話がどんどん別の方向に行っちゃう」

「あの人とやりあって勝ったことは一度もないわ。あの年代は討論で育ってるから手に負えないの。マスターも例にもれず、学生運動の闘士だったんだって。それもかなりのね。どうしたらあの人をやり込められるか、それがここへ来る時の私の課題」

「そうでもないわ、うまくやりあってる」

「そう？　私、喋るのが下手なのよ。いつも身体で物を言ってるでしょう。だからそっちの方だったら負けないんだけど」

「ああ、それはわかるな。さっきの舞台、すごく多くを語っていたもの。当たり前だけど、踊りってセリフがないでしょう。でも聞こえるの、笑い声も泣き声も、むしろ言葉よりもっと強く」

麻紗子は照れたように、鼻にくしゃりとシワを寄せた。

「なかなか憎い感想を言ってくれるじゃない」

「どうしてダンサーに？」

早映は麻紗子の右手人差し指に光るあの指輪を見つめながら言った。

「以前、ロシアにバレエ留学してたことがあるの。あの頃はプリマドンナを目指してた」

「どうして、ならなかったの？」

「難しい質問ね」

麻紗子は煙草をバッグから取り出した。今日はさすがに荷物も多く、大ぶりのバッグが床に置いてある。

「まず体型のことがあるわ。私、背が高すぎるのよ。トゥを履いてアップしたら、相手役より頭ひとつ飛び出ちゃう。舞台の上でそれだと、バランスが悪くなるのよ。群舞の時も目立ち過ぎるって何度も降ろされたわ。そのたびにどれほど悔しい思いをしたか」

それから麻紗子は思い出したように、バッグの中から紙袋を取り出した。

「そうそう差し入れのステーキサンド持って来たの。このお店はおつまみ程度しかないでしょう。私、舞台が終わってすぐにこっちに来たから、おなかがすいてるのよ。早映もどう？」

「ありがとう。でも、私はいい」

「じゃ、私だけ」

麻紗子はそれを手にして黙々と食べ始めた。あまりの食べっぷりに、早映は思わず見惚れてしまった。

「そして、これ」

麻紗子が口の周りについたソースを舌で舐《な》めとった。

「これって？」

「食欲よ。ダイエットにどれだけ苦労したか。これだけ背があると痩せるにしても限度があるでしょう。相手役にはいつもいやな顔をされたわ。リフトで腰なんか痛めちゃったら大変だもの。過激にやりすぎて、何度貧血で倒れたり、生理が止まっちゃったりしたことか。それでも小柄な子ほどは軽くなれないの。しまいに馬鹿馬鹿しくなってね。早い話、プリマドンナより食欲をとったのよ」

冗談めかして麻紗子は言った。

「大変なのね」

「大変なんてものじゃない。バレリーナのあのストイックさは、ほとんど尼さんの世界よ。毎日が欲望との戦い。煙草もダメ、お酒もダメ、男だってダメなのよ。信じられないでしょう。自由なんて何もないの。あるのはレッスンだけ。四年やって、私には向いてないことが身に沁《し》みてわかったの」

「何だかもったいない気がするわ、四年もやったのに」

「あれ以上続けてたら、私が壊れてたわ。まあ、最終的には退学になったんだけどね。あっちのコーチとデキたのがバレちゃったのよ。それはそれでタイミング的にはよかったと思ってるんだけど」

いかにも彼女らしいと、早映は妙に納得していた。

「でもね、そのことがあって、私は自分を知るようになったわ。私の踊りはね、禁欲から生まれて来ないの。欲望から生まれて来るの。私は、欲しいものを手に入れるために踊っているんだってはっきりわかったの」

その開き直った口調に、早映は圧倒される思いがした。麻紗子の言葉に傲慢《ごうまん》や無知は感じられない。むしろすがすがしかった。

「じゃあ今度は私が聞く番ね」

麻紗子がまっすぐな目を向ける。早映は少し戸惑った。

「私？」

「どんなことをしているの？」

ただのしがないＯＬ。そう答えようとして、口ごもった。ここには似合わない。言ったら今夜の舞台の感激さえもぶち壊しになってしまいそうな気がした。

「言いたくないなら、別に言わなくてもいいんだけどね。無理に喋らす趣味はないから」

「ううん、そんなことないわ。商社に勤めているの。主に食料品を扱ってるんだけど、今、貿易不均衡の是正が取り沙汰《ざた》されているでしょう。アメリカからの圧力も相当のものだし、とにかくいろいろあって大変なの」

するっと口に出ていた。それは決して嘘というわけではなかった。早映の所属する課は確かに食料品を扱っている。ただ、それが大して貿易不均衡で問題とされてないフルーツの缶詰で、早映の仕事は輸入も輸出も関係なく、ただデータをパソコンに打ち込むだけだとしても。

「へえ、じゃあ外国なんかにも行くの？」

「時々は」

一度だけだが、研修という名目でシンガポールに行かせてもらったことがある。たまたま選ばれたのが早映で、ただ遊んで帰って来ただけだけれども、旅費は会社持ちだった。

麻紗子がそれ以上質問をして来たらどうしようか考えた。今さら否定することもできない。

「バリバリのキャリアウーマンってわけね」

「そんな大したものじゃないけど」

「でも、好きでやってる仕事なんでしょう」

「まあね」

早映は返答しながら、グラスの氷をカラカラと回した。

「仕事の内容は何でもいいの、私はね、好きなことを夢中でやってる人間しか信用しないの。自分を否定ばかりする奴にロクなのはいないわ。どこにでもいるでしょう、そういう奴。すぐ、どうせ私なんかって言う奴よ。私、言ってやるの、あなたが死んでるって知らなかったわって。だって、そういうの、死んでることと同じだもの」

早映は黙って聞いていた。そして自分に言いきかせていた。

私はただのしがないOLだけれど、自分を否定ばかりしているわけじゃない。仕事が嫌いというわけでもない。だから、麻紗子に軽蔑されることはない。

「マスター、おかわり」

麻紗子が都築に声をかけた。

「麻紗子ちゃん、今夜はばかに楽しそうだね」

都築が新しいグラスにウォッカを入れて、近づいて来た。

「当たり前でしょう。チャコールグレイのスーツを着て、ストッキングにパンプス履いて、おまけにキャリアバッグを持つような友達ができたの初めてなんだもの」

麻紗子が笑う。彼女のような女性に好かれているということが、早映にはひどく面映《おもは》ゆく感じられた。

その時、ドアから男性客が数人入って来た。彼らは麻紗子を見ると、気軽に、そして大げさに声をかけて来た。

「おお、久しぶり、元気だったか」

「麻紗子、会いたかったよ」

言いながら、抱擁を仕掛けて来る男もいた。けれども、麻紗子は怖《お》じけることなく両手を広げてそれに応えた。そんな受け方も少しも不自然ではなく、堂に入っていた。麻紗子はちょっとした女王様のようだった。

彼らは麻紗子と短く情報交換をしながらも、早映の方をちらちらと窺っている。そして目に戸惑いの色を浮かべている。麻紗子の友人としてはあまりに不似合いな早映の存在に、どう対応してよいのかわからないようだった。

「早映よ。私の大切な友達なの」

麻紗子が紹介すると、彼らの頬に初めて親愛の情が浮かんだ。早映もまたようやくパスポートをもらったような気分で、軽く会釈を返した。もう子供ではない。ここでおどおどしてしまったら、男たちだけでなく、麻紗子にも恥ずかしい。この場所にふさわしくないなら、ふさわしくないだけの存在として開き直らなければと思っていた。

「合流しないか」

彼らが誘いをかけてきた。けれど麻紗子はあっさり首を振った。

「遠慮しとくわ。今夜は早映とふたりで飲むの。命の恩人との再会なんだもの」

意味がわからず、男たちは肩をすくめている。

「じゃあ、気が変わったらいつでも声をかけてくれよ」

そして彼らは奥のボックスに向かって行った。

麻紗子の言うとおり、その夜、ふたりは誰にも邪魔されずに飲んだ。時間が過ぎるにつれ店は込み、麻紗子の知り合いも増えたようだったが、彼女は簡単な挨拶だけで済ませ、中に割り込ませるようなことはさせなかった。その気遣いが嬉しかった。

麻紗子は自由で陽気で奔放だ。さすがにダンサーだけあって、話す時の身振りがとても魅力的で、言葉よりもその動きに見惚れて、つい話を聞き逃してしまいそうになった。

会話の途中、ふと早映は気がついた。店のいたるところから送られてくる男たちの視線だ。もちろん自分に対してでなく、麻紗子に向けられていることはわかっている。けれど早映はどきどきした。それはとても刺激的な目だった。

麻紗子はいっこうに気づかず、無頓着《むとんちゃく》に飲んで笑ってはしゃいでいる。いいや気づかないのではなく、見つめられることは彼女にとって舞台に注がれるライトと同じものなのだろう。彼女は見つめられるからこそ美しく輝く。十分それを意識しているからこそ、無意識のように振る舞える。

早映は麻紗子の隣に座る自分を、どこか誇らしくさえ思った。

日曜日。

早映は卓之が運転する車の助手席に座っていた。緊張で胃がきゅっと萎縮《いしゅく》している。もう十分もすれば卓之の家に到着する。

昨日は完全に二日酔いだった。起きてすぐにトイレに駆け込んだ。こんなになるまで飲んだのは久しぶりだった。とりあえずシャワーを浴びて、二日酔いに効くドリンク剤を飲み、予約を入れておいた美容院にやっとの思いで出掛けた。

麻紗子との夜は楽しかった。毎日の生活の中で、そこだけ特別な絵の具で彩られたような時間だった。カットとカラーリングをされながら、昨夜の彼女とのやりとりを何度も思い出した。つい思い出し笑いをして、美容師に変な顔をされた。

麻紗子は今まで早映が付き合って来たどんな友人たちとも違っていた。大人なのに少女で、すれっからしなのに世間知らずで、その上、ひたむきと投げやりが彼女の生き方と存在のバランスをうまくとっていた。

「どうかした？」

ハンドルを握る卓之がちらりと顔を向ける。

「何が」

「ぼんやりしてるからさ」

「ううん、緊張してるの」

それから付け加えた。

「ねえ、洋服、これでよかったかしら」

紺のニットスーツはかなりオーソドックスなものだ。下に着ているブラウスは白地に紺の細いストライプが入っていて、衿とカフスに柔らかなドレープがついている。

散々悩んで決めたスタイルだった。そのために「彼の両親に初めて会う日のために」という特集が組まれていたファッション雑誌を買った。清楚《せいそ》で優しくて賢そうに見えること、それが何よりの条件だった。

「なんだ、そんなこと気にしてるのか」

卓之が笑う。

「だって第一印象は大切でしょう」

「気楽な両親だよ。かしこまることはないって。いつもの君でいいんだ。いつもの君が一番なんだから」

気持ちが温かくなる。自分をこうまで受け入れてくれる卓之の存在は、何よりも力強い味方だった。

車内にはかすかに甘い香りが漂っている。バックシートに置かれたおみやげの花籠《はなかご》だ。白ユリとアマリリス、フリージア、ラベンダー、それにグリーンのコルムネアを差し込んである。かつてフラワーアレンジメントの教室に通ったことがあり、自分で選び自分で生けた花籠だった。これも散々迷って決めたものだ。押しつけがましくなく、センスをアピールできるもの、としてやはり花が最適だろう。

やがて車は卓之の家に到着した。

寄せ棟造りの、古いが手入れの行き届いた家だった。門を開けると左手に庭が覗ける。花壇には春の花が咲いていた。隅に作られた池には金魚が放たれているようだ。どこか懐かしさを感じさせる雰囲気があった。

「ただいま」

玄関の戸を開けて、卓之が大きな声をかける。早映は手早く身繕《みづくろ》いをして後に続いた。いよいよだった。

ばたばたと奥から廊下を駆ける音がして、早映は慌てて頭を下げた。

「はじめまして、君島早映と申します」

それから息を吸い込み、精一杯のよそゆきの笑顔で顔を上げた。そして思わず拍子抜けした。

「いらっしゃい」

上がり框《がまち》から早映を見下ろしているのは、この間、結婚パーティで会った優子だった。

「なんだ、ねえさん来てたのか」

卓之が少々非難めいた声で言う。

「そんな言い方ないでしょ。早映さんとはもう知らない仲じゃないんだもの。さ、上がって。みんなお待ちかねよ」

「お邪魔します」

優子に促されて、早映は客間の方へと向かった。

新居もこの近くで、叔母でもあるのだから、優子がここにいるのはおかしくないが、興味半分に見物に来られたような気もする。

客間に入ると、庭を背にして、卓之の両親が座っていた。八畳と六畳の続き間だ。ふたりの柔和な笑顔に迎えられた。

「やあ、いらっしゃい」

「お待ちしてたのよ、どうぞ、お座りになって」

早映はまず襖《ふすま》の前で膝をつき、今度こそきちんと挨拶をした。

「はじめまして、君島早映と申します。今日はお招きにあずかりありがとうございます」

両親が笑顔のまま、それに応える。

「卓之の父です」

白髪まじりで恰幅《かっぷく》のいい父親は、温厚そうな印象だった。印刷会社の部長をしていて、唯一の趣味がゴルフと聞いているが、確かに縁側でクラブを磨いている姿が似合いそうな雰囲気だ。

「堅苦しい挨拶はそれくらいにして、さあさあ、どうぞお気楽に」

母親の方もまた、穏やかなほほ笑みを浮かべている。小柄で色白で上品な感じがする。五十六歳と聞いているがずっと若く見える。どうやら卓之は母親似のようだ。

「はい、失礼します」

早映は向かい側の座布団に座った。

「道は込んでた？」

母親が訊ねる。

「それほどでもなかったよ」

それから世間話に移ったのだが、なかなか言葉がつながらない。

「今日はいいお天気でよかった」

そんな父親の言葉も、ひと言だけぽつりと浮いてしまう。早映は卓之を振り向いた。彼だけが頼みの綱なのに、卓之も照れているのか、やたら天井ばかり見上げている。両親もどこか居心地が悪そうだ。けれどそれは決して悪いムードというのではなく、初対面にありがちな、お互いの緊張から来る好意的なぎこちなさだということはわかっていた。けれどもなかなかそれを破れなかった。

優子がお茶を運んで来た。黙ったままの四人の前に置くと、早映に声をかけた。

「早映さん、出身は岡山なんでしょう。お義兄《にい》さん、以前にいらしたことあったんじゃなかった? 私、おみやげのお饅頭《まんじゅう》をいただいたの覚えてるけど」

「ああ、そうだ、うん、仕事で一週間ばかり滞在したことがある。あそこはいいところだね。城下町で全体におっとりとしている。早映さんの家は市内ですか?」

「はい、駅からバスで十分ぐらいです」

「そうか、いつか温泉にでもゆっくり行ってみたいなぁ」

「ぜひ、いらしてください」

縁側から差し込む春の陽差しが柔らかく部屋の中に流れ込んで来る。

優子が早映の膝元に置いてある花籠に目をやった。

「その花籠、早映さんが生けたの？」

「えっ、はい、そうなんです」

おみやげのことをすっかり忘れていた。早映は手に取り、卓の上に置いた。

「あの、これを」

「まあ、いただけるの。可愛いわ。どうもありがとう」

卓之の母が受け取る。

「早映さん、生け花を習ってらっしゃるの？」

「今はお休みしてるんですけど、少し前まで習ってました」

「姉さんと趣味が合うじゃない」

優子が合いの手を入れる。

「姉さんもお花が大好きなの。庭にたくさん咲いているのはみんな姉さんが丹精込めて育てたものばかり。私はそういうの全然だめだけど、早映さんならきっと話が合うわ。ね、姉さん」

「ええ、そうね」

それから庭に咲く植物の話になり、隅にある柿の木の話になり、その木から落ちたという卓之の子供の頃の思い出話に移って行った。

ひとつの話が呼び水になって、次の話へとつながってゆく。そうなればお互いの緊張もほぐれ、いつか和やかな雰囲気になっていった。

夕食には優子の夫の橋本も加わった。橋本は学生時代からこの家に出入りしているので、卓之の両親とも昔からの顔馴染《なじ》みだ。彼は銀行マンという堅い職業に似ず冗談が得意で、何度も皆を笑わせた。早映もいつか肩から力が抜け、すっかり打ち解けていた。

食事の後、早映はキッチンで優子と後片付けをした。居間では男たち三人がゴルフのビデオで盛り上がっている。母親は食後のお茶の支度をしている。

洗い物は早映が引き受け、優子は拭いて食器棚に戻してゆく。さすがに優子はどこに何を置くか、よく知っている。

「優子さん、今日はありがとうございました。いろいろと気遣ってくださって」

早映が言うと、優子は悪戯っぽく肩をすくめた。

「緊張するものよね、彼の両親と初めて対面する時って。私も経験したもの。だからついお節介しちゃったの」

「お節介なんてとんでもないです。優子さんがいなかったら、きっと私、何も喋れなかったと思います」

「姉も義兄も、とってもいい人よ。基本的にあまり干渉しないタイプなの。ひとり息子だけれど子離れしてないってこともないし、卓之もマザコンってことはないしね。だから結婚しても大丈夫、イビられることはないと思うわ」

「まさか」

そんな会話を交わしているうちに、優子に対してどこかで持っていた小姑《こじゅうと》を見るような感覚は消えていた。

その夜、遅くまで六人は賑わった。優子の言葉どおり、この両親とならうまくやってゆけると早映は思った。別居だからあまり神経質になることはないのだろうが、嫁姑関係はやはり大きな問題になる。

また一歩、結婚へと進んでゆく。望んでいた平凡だけれども平和な家庭がもうすぐ自分のものになる。早映はすでに卓之を「夫」と呼ぶ自分を頭に思い描きながら、茶碗を手にする指先まで幸福に包まれているような気がした。

2　赤い棘

とんとん拍子、というのはこういうことなのだろうと、早映は思う。

卓之の家を訪ねてから、二週間後にはふたりで岡山に行った。この結婚に問題は何らなく、田舎の両親は諸手《もろて》を挙げて卓之を歓待してくれた。

両親にしてみれば、東京に行ったまま三十一歳になってしまった娘のことは、悩みの種だったに違いない。田舎ではりっぱに嫁《い》き遅れと呼ばれる年齢だ。すでに結婚している四歳上の兄を含め、家族は喜ぶ以上に、安堵《あんど》の表情をしていた。

家族全員での少々緊張した食事の後、機を見計らって、卓之は早映の両親の前で頭を下げた。

「早映さんと結婚させてください」

早映は卓之の隣に座り、まるでドラマを見ているように、事の成り行きを眺めていた。現実にもこういったことが行なわれるのだと不思議に思った。嬉しくもあり気恥ずかしくもあり、何だか自分の居場所がないような落ち着かない気持ちになった。

「よろしくお願いします」

両親が膝をきっちり揃えて、言葉少なに答える。赤い目をした父を見た時、やはり胸が熱くなった。

こうしてきちんと手順が踏まれ、ひとつひとつの行事の積み重ねの先に、結婚というセレモニーがある。

これは約束だった。結婚をする約束。幸福を形にするという約束。

これこそ早映が望んでいた安定だった。いくつも過ごしたひとりぼっちの夜、自分を不安に追い詰めたあの孤独感を、早映は笑ってやりたかった。


週末、麻紗子から電話があった。

一緒に飲んだ時、お互いの連絡先を教え合い、それから早映はお礼のつもりで一度だけ電話したのだが、麻紗子の方は留守電で、メッセージを入れておいても返事はなく、結局そのままになっていた。

「出てらっしゃいよ、ポワゾンにいるから」

麻紗子はかなり酔っているらしい。

「今から？」

「もちろん」

時計を見ると、もう十時を過ぎている。明日は午後から卓之との約束もある。もう風呂も済ませ、パジャマに着替えていて、早映はあまり乗り気ではなかった。

「でも、今夜は遅いから、またにするわ」

麻紗子はあきれ声で言った。

「遅いって、まだ十時過ぎよ。今から楽しめる時間じゃない。それにまたなんて、そんな先のことはわかんないわ。もしかしたら私、死んじゃってるかもしれないでしょ」

「大げさね」

早映は苦笑する。

「でも、人生なんてわからない。今夜このお店を出たら通り魔にブスッとやられてしまうかもしれない。道を歩いてたら看板が落ちてくるかもしれない。絶対にそうならないって、誰が保証できる？　そうしたら、早映は私と今日会わなかったことをすごく後悔することになるのよ。そんなの、寝覚めが悪いでしょう」

行く、と言わせるまでとことん粘るつもりらしい。

「わかった、わかったわ、行けばいいんでしょう」

「そうこなくちゃ」

受話器を置いて、結局押し切られてしまったことにため息をつきながら、ドレッサーの前に座り、化粧を始めた。

麻紗子の誘いはとても強引だったが、だからと言って不快に感じているわけではなかった。彼女が無茶を言ったり駄々をこねたりするのは、笑顔と同じくらい魅力的だった。

着替えを済ませバッグを手にした。時計の針はもう十時半を回っている。出掛ける時間としては少し後ろめたいものを感じた。けれどその後ろめたさはどこか心を弾ませた。夜遅くまで遊ぶことはあっても、夜遅くになってから出掛けるなんてほとんどない。結婚したら、たぶんこんなこともできなくなってしまうだろう。独身の間のほんのささやかな楽しみだと思えばいい。

六本木の交差点を過ぎたところでタクシーを捨て、ポワゾンに向かった。

今夜は前のようにチャコールグレイのミニスーツではない。黒の細身のパンツに白のオーバーブラウス、長めの黒のストールを首に巻いて来た。ピアスも、持っている中で普段つけることのなかった派手めのものを選んで来た。いつもはブローしている髪は、洗いざらしにムースをつけただけなので、ふわふわにカールしていて、それが服とうまくマッチしている。化粧もオフィス用ではなく、アイラインはいくらか濃いめに、それからグロスも丁寧に塗った。

店の中で浮きたくなかった。麻紗子ほど垢抜《あかぬ》けることはできなくても、少しはいつもと違う自分を装ってみたかった。

六本木は相変わらず喧騒に包まれている。まるで街全体が夜に身悶《みもだ》えしているようだ。

「どうぞ」

不意にカードが差し出された。早映は足を止めた。

茶色の髪の男の子が笑顔で話し掛けて来た。

「よかったらうちのクラブに遊びに来てよ。面白いんだ。この割引券使ってくれたら料金も安いしさ」

早映はカードを受け取り再び歩き始めた。何だか可笑《おか》しかった。クラブの割引券なんて差し出されるのは久しぶりだ。もう関係ないと思っていたが、ほんの少し服装と化粧を変えただけで、いつもと違う扱いを受ける。それが、その辺りを歩いているちゃらちゃらした女の子たちと同じだからこそ、悪い気分ではなかった。

ポワゾンのドアを開けると、すぐにマスターの都築が顔を向けた。

「ああ、早映ちゃん、いらっしゃい」

都築が自分の顔を覚えていてくれたことが嬉しかった。

「こんばんは」

「今夜はずいぶん印象が違うね」

「そうですか?」

「キャリアウーマンには見えない」

「いつも仕事ばかりしているわけじゃありません」

「だから女は怖いんだな。いつもそうやって男の意表をつく。男は振り回されて、どっちが本当の姿なのかわからなくなる。君はどっちの姿が本当なのかな?」

早映はほんの少し考えた。

「たぶんどっちも」

「それがいちばん怖い」

マスターが身震いする真似《まね》をして、早映は思わず苦笑した。

「麻紗子ちゃんは、あっちにいるよ」

都築に促されて奥のボックスに目をやると、男たちふたりに挟まれた麻紗子が見えた。もうすっかり出来上がっていて、その片方の男にほとんど身体を預けている。早映が来たことに気づいて手を振った。

「こっち、こっち」

その指先にはいつもの赤いアレキサンドライトが輝いているのがここからでも見てとれた。ダウンライトに映えて、今夜はいっそう輝きを増している。

早映は近づき、ソファに腰を下ろした。麻紗子は早速彼らを紹介した。

「彼は建築家の明、こっちは画家のケイン。ケインはオーストリア人とのハーフなの。ふたりともここで知り合った私の恋人たちよ。そして、彼女がさっき言ってた私の友達、早映。仕事は輸入を扱ってる商社とかそういうんだけど、いいわよね、そんなこと」

「はじめまして」

「よろしく」

と、男たちが挨拶と一緒に笑顔を向ける。早映も軽く会釈を返した。

ふたりとも、年は早映より少し上ぐらいだろうか。彼らに漂う雰囲気には、早映が会社で見る男たちとはまったく違う匂いがした。簡単に言えば遊び人ふうという感じだが、崩れた印象はなく、満ち足りた生活を送る者が持つ退屈を、憂いのように身にまとっていた。

彼らの隣に座ったものの、どう接していいかわからない。共通の話題も、話す言葉さえも違うような気がした。

けれど、彼らは巧みに早映の緊張をほぐしてくれた。新参者を会話からおいてきぼりにするような野暮なことはしなかった。彼らは女性に対するサービスを義務というよりゲームのように考えていて、その上、それによって自分たちも楽しむことができるような男たちだった。

「そのピアス、素敵だね」

ハーフのケインが言う。

「ありがとう。シンガポールに行った時に買ったの。でも安物よ」

誉《ほ》め言葉に慣れてない早映は、戸惑いながら答えた。ケインは灼《や》けた肌と鳶色《とびいろ》の目を持つハンサムだ。

「ああ、シンガポールはいいね、安くて面白いものがいっぱいある。僕も何度か行ったことがあるけど、君が泊まったホテルはどこ?」

「ラッフルズ」

「僕もそこだった。じゃあホテルの一階にある宝石店には行った?」

「ええ、小さいけどとても素敵なお店だった」

「実は、あの店のウィンドウでずっと欲しかった銀のカフスを見付けたんだ。あの時は嬉しかったな。けど店員の態度がイマイチだった。僕なんかくたくたのジーパンにタンクトップの姿なものだから、中にも入れてくれないんだ。しょうがないから、ガラス戸越しに日本のパスポートちらつかせて、やっとさ。やっぱり日本人の信用は絶大なものだね」

「中に入ると鍵をかけられなかった?」

「そうそう、あれには参ったよ。まるで監獄みたいな宝石店だよ、あそこは」

建築家の明が、シンガポールに建つビルの機能について話し始めると、彼によりかかっていた麻紗子が急に起きだし、日本の建築業界は東南アジアを食い物にしていると非難し始めた。

お互い自己主張をし合い、それがあまりに真剣で、喧嘩《けんか》になるのかとハラハラしながら眺めていると、やがてふたりは顔を見合わせ噴き出した。口論もまた彼らにとっては楽しみのひとつのようだった。

いつの間にか、早映は彼らのペースに乗せられていた。お喋りが楽しかった。お酒も回り、気後れから来る緊張も消えていた。

目の前にいるハンサムな男たち。他愛ない冗談。遠慮ない笑い声。美しい色をしたお酒。うっすらと立ち籠《こ》める煙草の煙。楽しまなければ損とでもいうように、彼らは貪欲《どんよく》に言葉をつくす。

この中にいると、さっきまで自分がマンションの部屋でひとりぼんやりテレビを観ていたなんて信じられなかった。早映はこんな時間にこんな空間に存在している自分自身にとても興奮していた。

この店はいわゆる常連しか受け付けない。誰かがドアから姿を覗かせると、みんなが手を上げたり声を掛けたりして、挨拶を交わしている。

ふと、入って来た男に目が行った。美しいという形容がぴったりの男だ。藤沢渡だった。連れはなく、彼はひとりでカウンターに座った。

「あら、渡」

麻紗子が声をかけると、藤沢はスツールをくるりと回し、こちらに身体を向けた。

「何だ麻紗子、来てたのか」

それから藤沢は早映に視線を移し、いくらか訝《いぶか》しげな顔をした。

その瞬間、早映は現実に戻されていた。いちばん先に頭に浮かんだのは、卓之に話されたらどうしよう、ということだった。ふたりは大学時代の友人だ。その可能性はある。別に悪いことをしているわけではないが、もし卓之がこんなに夜遅く知らない男たちとお酒を飲んでいる早映のことを聞いたら、快くは思わないだろう。

「こっち来て一緒に飲まない？　早映のことは知ってるわよね」

「いや、遠慮しておくよ」

麻紗子の誘いに藤沢は軽く首を振り、こちらに背中を向けた。

早映は居心地が悪くて、ついちらちらと藤沢の様子を窺《うかが》った。

そろそろ帰らなければ。

腕時計を見ると、午前二時を回っていた。

「麻紗子と藤沢って、どういう関係？」

明が訊ねた。麻紗子はシガレットケースから細い煙草を抜く。明がすかさず火をつけた。

「一番に最高のダンスのパートナー。二番に最高の友人」

「三番は？」

麻紗子は藤沢の背に目を向けた。

「最高の恋敵《こいがたき》かな」

明が首を傾ける。

「恋敵？」

「ええ」

「恋人ではなくて？」

麻紗子が目を丸くした。

「私と渡が？　笑っちゃう」

「何だかよくわからないけど、そうじゃないなら、僕が遠慮することはないんだね」

「何を遠慮するのかわからないけれど、何にしても、私、遠慮する男は嫌いよ。それは自信がないってことだもの」

麻紗子は手を伸ばし、明の頬に赤い石が光る手を当てた。そして自分の方へと向かせると、軽く唇を合わせた。

早映はただ見つめていた。心のどこかが麻痺《まひ》していた。まるで映画のシーンを観ているようだった。ふたりはいくつか耳元で言葉を交わし合い、やがてゆっくりと立ち上がった。

「じゃあ早映、ケインも、お先に」

「えっ、帰るの？」

「そう」

「じゃあ私も」

早映が慌ててバッグを引き寄せる。

「早映はいいのよ。まだケインと飲んでらっしゃいよ。私たちは私たちで帰るわ。ここからは私的な時間よ。私に負けないくらい、早映もいい夜を過ごして」

明が麻紗子の肩を抱いて軽く笑みを浮かべる。麻紗子は明の腰に腕を回し、カウンターにいる都築と藤沢に手を振ると、ふたりは少しよろけた足取りで店を出て行った。

そういうことなのか、と思った。つまりあのふたりはそういうことなのだ。

「私も帰らなきゃ」

早映はケインを見ないで立ち上がった。

「僕だけだと退屈？」

ケインの言葉に早映は振り向いた。ケインは何だか困ったような顔つきで早映を見上げている。

「そんなことないわ」

「だったら座って。おいてきぼりはちょっと切ないよ。それに今、君がここで出て行ったら、僕は店中の笑い者になってしまう」

早映は自分の行動が彼の名誉を傷つけることを知って、もう一度ソファに腰を下ろした。

「そんなつもりじゃなかったの」

「せめて、このカクテルを飲み干すまで」

「そうね」

早映はグラスを取り上げた。それでもやはり落ち着かなかった。麻紗子がいなくなった今、早映は魔法が解けたみたいに現実に戻っていた。

「今夜、駄目かな」

ケインが言った。

「僕たちも、明と麻紗子のように楽しめないかな？　もちろん無理強《むりじ》いするつもりはなくて、君が僕を気に入ってくれてたらの話だけれど」

ケインはそれをまるでシンガポールの話の続きをするように、何気ない口調で言った。

そのさりげなさに、早映は自分が言葉の解釈を間違えているのかと思った。

「それ、どういう意味？」

ケインは困惑の表情をした。

「参ったな、そんなこと聞かれるとは思ってもみなかった」

「もしかして、ベッドに誘ってるの？」

「もちろんさ、それ以外の意味に聞こえた？」

早映は思わずため息をもらした。そのストレートさに、怒るというよりあきれていた。

「信じられない、私たち、ほんの三時間ほど前に会ったばかりなのよ」

「僕にとっては十分な時間だよ。話して気が合った。楽しかった。僕は君とセックスがしたいと思った。これは誘う理由にならない？」

「行きずりに、一晩だけ楽しんでしまおうってこと？」

ケインが困惑したように首を傾《かし》げる。

「その言い方、ちょっと引っ掛かるな。行きずりってどういうことだろう。君とはこれからもこの店で顔を合わすかもしれない。その時はまた一緒に楽しく飲みたいし、話もしたい。今日のようにね。だから行きずりというのとは意味がぜんぜん違うよ」

ふっと思った。

「あなた、もしかして麻紗子とも？」

ケインは悪怯《わるび》れることなく頷いた。

「ああ、もちろんあるよ、何度かセックスした。そして今も友達だ。これからだってずっと友達でいられるだろう。ふたりの気分が一致すれば、また一緒のベッドに入ることもある」

ケインはゆっくりとソファの背に身体を預けた。

「納得できないって顔だね」

「信じられないわ」

「どうして？」

「そんな簡単なものなの？　何か感じない？」

「何かって？」

「たとえば、本当の恋人に対して後ろめたい気持ちになるとか」

「本当の恋人なら、僕を理解してくれるさ」

「じゃあ逆に、自分の恋人がそういうことしても、あなたは気にならないの？」

「望むなら、そうすればいい」

「どうかしてるわ」

つい、早映はきつい口調になっていた。けれど、ケインはそれに慌てることも怒ることもなかった。

「わからないな、僕たちのしていることはそんなにいけないことかな。僕たちはもう大人だ。恋とは別に、セックスと上手に付き合っていく方法を知っているだけだよ。自由に楽しんで、その上ルールもわきまえている。関係を無理強いしたり、間にお金が絡《から》むこともない。何よりずっと友達でいる」

早映は黙り込んだ。ケインの言葉はとてもわかりやすかったが、納得はできなかった。

「もちろん強制するつもりなんてないよ。NOならそれでいいんだ。しつこくしない」

首をすくめ、ケインは立ち上がった。

「じゃあ帰ろうか。タクシー乗り場まで送るよ」

「いいの、私のことなら気にしないで」

早映は自分の手のなかにある、もうすっかり氷の溶けてしまったグラスを見つめながら答えた。ケインが困ったように座り直した。

「そんなわけにはいかないよ。一緒だった女性をひとり残して帰るなんてことをしたら、僕の中のオーストリア人の血が泣く」

「紳士なのね。でも、いいの」

「怒ってるのかい?」

「ううん、そうじゃないわ」

「困ったな、本当にそれでいいの?」

「ええ」

早映はケインと一緒に店を出たくなかった。それはケインに嫌悪感を持ったというわけではない。実は逆だった。むしろそのストレートさに好ましささえ感じていた。

ケインは確かに紳士で、楽しく飲んでお喋りをする相手として最高だった。ベッドに誘われたことも、今となればむしろ嬉しいとさえ感じていた。彼に較べたら、課の飲み会で部下のOLにチークダンスを強要する上司の方が百倍もいやらしかった。

早映が断ったのは、藤沢にケインを誤解されるかもしれないと思ったからだ。ここで一緒に店を出れば、もう言い訳がきかなくなるような気がした。

「そうか、そうまで言うなら先に帰るけど。ただこの次、ここで君と会っても友達でいられるかな」

ケインの問いに、早映は少し間をおいて答えた。

「ええ、もちろん」

「それを聞いて安心したよ」

ケインが席を離れてゆく。彼は都築と言葉を交わし、ドアの前で振り向くと、早映に笑顔を送って来た。早映もまた笑顔で応えたものの、自分がどんな顔をしているのかよくわからなかった。

早映はもうカクテルとは呼べない飲み物を喉に流し込んだ。ついさっきまで、あんなに楽しく騒いでいた自分が滑稽《こっけい》に思えた。

「こっちに来れば」

その時、カウンターから都築の声がした。都築は何もかもお見通しの目をしていた。その目に早映はかえって安心した。

早映は席を立ち、カウンターへと移動した。藤沢が顔を向ける。その冷たい目に一瞬怯《ひる》むような気持ちになったが、スツールに腰を下ろした。

「新しい酒を作ろう、何がいいかな？」

都築が訊ねた。

「じゃあ、思い切り酔えるお酒をお願いします」

早映が答えると、都築が肩をすくめた。

「困ったな、僕は酔うための酒は作ったことがないんだ」

「どうして？　お酒は酔うためにあるんでしょう」

「違うね、味わうためにあるんだ」

都築が笑う。でも早映は笑えない。

「君に必要なのは、どうやらこれらしいね」

都築が差し出したのはミネラルウォーターだった。

「これを飲んだら帰るといい。もうタクシーはつかまえやすい時間だよ」

グラスにはレモンが一切れ浮かんでいる。口に含むとかすかな酸味が心地よく広がった。早映はひと口飲んではひとつ息を吐く、を繰り返した。やがてグラスの底に辿《たど》り着く。もう帰ろう、そう思いながらもなかなか席を立てずにいた。

それは藤沢と言葉を交わすべきか、迷っているからだ。お互い顔見知りでありながら挨拶さえも交わしていない。口止め、と言ったら言葉は悪いが、もし誤解されているようならきちんと解いて帰りたいと思う。

推測で卓之に何か告げられるのはいやだった。この店に来たのは麻紗子に誘われたからだということ。せめてそれだけは言っておきたい。けれども、そんなことをするのはかえって不自然のような気もした。

「心配することはないよ」

唐突に、藤沢が言った。

「え?」

早映は顔を向けた。

「婚約者に、素行が悪い女だと思われたくない気持ちはわかるさ。大丈夫、僕は君がどこで飲もうと、どんな男と遊ぼうと、卓之に告げ口をしたりはしないから」

硬質な声で藤沢が言った。軽蔑の混じった言い方だった。この美しい容貌と体軀《たいく》の男は、きっと身体の内側にもガラスでできた鋭利な細胞を持っているに違いない。

「そんなこと、気にしてないわ」

早映は身体と心が同時に固くなるのを感じた。

「ふうん、僕の勘違いだったかな」

「私は別に後ろめたいことしてるわけじゃないもの。時には夜遅くまで友達と一緒に飲むことだってあるわ。それぐらいのこと、誰だってしてるでしょう。それに、卓之さんはそんなことでとやかく言ったりする人じゃないから」

心とは裏腹なことを口にしていた。そういった反発心を起こさせる何かを、この美しい男は持っていた。

「だったら、あのままケインに送ってもらえばよかったのに。びくびくしながら僕の出方を窺うような態度は、みっともなくて見ていられなかったね」

「びくびくなんてしてない」

けれどそれ以上返す言葉がなかった。そのとおりだった。藤沢が卓之に告げるのではないかと、不安でとても帰る気にはなれなかった。

助け船を出すように、都築がふたりの言葉に割って入った。

「渡、彼女は僕の大切なお客さんだ。ちょっと言葉が過ぎるぞ」

都築は静かな口調だったが、どこか制する力が感じられた。藤沢はそれで黙り込んだ。

情けないことに、早映はすっかり傷ついていた。麻紗子に誘われてのこのこ出てきたことも、ケインと誤解されるほど親しくしてしまったことも、藤沢に気を回してここに残ったこともすべてだ。そして、そんな自分が情けなかった。

「おいくらですか」

早映はバッグの中から財布を取り出した。

「いいんだ、麻紗子ちゃんからそう言われている」

「そんなわけにはいきません。この間も私、彼女にご馳走になってるんだもの」

「じゃあ今度、君が彼女にご馳走すればいい」

「でも……」

言いかけて、結局、早映は財布をバッグに戻した。麻紗子に借りを作るのは本意でなかったが、ここで都築とやりあっていると、また藤沢から何か言われそうな気がした。

スツールから下り、ドアに向かった。都築がカウンターから出て、わざわざ見送りに来てくれた。

「タクシー乗り場はわかるね」

「はい」

そして都築は早映の肩に軽く手を置いた。

「気にしなくていいんだよ。渡は口ほど悪い奴じゃない。それに他人の行動に興味はない。それを誰かに言うような趣味はもっとない。そんな男だよ」

早映は都築を振り返った。都築の目は静かだ。ふっと心に凪《なぎ》が訪れた。今夜、驚いたり動揺したり不安にかられたり傷ついたり、目まぐるしく揺れ動いた自分の気持ちに穏やかさが戻って来るような気がした。

「おやすみなさい」

早映は小声で言い、店を出た。

翌日、少し寝不足のまま早映は卓之との約束に出掛けた。

車で二子玉川《ふたこたまがわ》に向かい、ふたりは家具の下見をして回った。店員から「ご結婚ですか？」と問われて、早映は誇らしいような面映《おもは》ゆいような気持ちで頷いた。

「ええ、そうなんです」

「それはおめでとうございます」

それがマニュアルどおりの受け答えだとしても、そういう時、早映は自分の幸福を改めて味わえる。

社宅となるマンションはまだ決まっていないが、どうせ大した広さは望めないだろう。けれども自分の思ったとおりの家具を誰に気兼ねすることなく選べるというのは、ずっとリハーサルのように過ごしてきたマンション生活のストレスを一気に発散できる。早映は家具全体を深い色合いのオーク材で統一させたいと思っていた。

家具売場を二周して、台所用品売場にも足を延ばした。醤油《しょうゆ》差しや鍋やザルが、まるでオブジェのように美しく飾られている。

どれもこんなに素敵なのに、生活に取り入れるとすぐに色褪《いろあ》せてしまうのはなぜだろう。自分のマンションで使っているのと同じものを見つけた時、そこだけ油膜がかかったようにつまらなく見えた。揃える時はとことん吟味しなければ、と思う。

それから帰りに卓之の家へ向かった。ふたりの付き合いが公になってから、彼の実家ははずせないコースとなっていた。

岡山の両親と卓之の両親とは、すでに連絡を取り合っている。初めての挨拶はいちおう無難に終わったようだ。距離があるので対面はまだだが、それもそう遠いことではない。両家が顔を合わせれば結婚はもっと具体化する。結納をいつにするか、その相談も兼ねて近いうちに会う予定になっている。

その夜、卓之の家で四人で食事をした。両親と顔を合わせるのはまだ少し緊張するが、回を重ねるたびに打ち解けている。

今夜はアルバムを見せてもらった。少し色褪せた写真の中で幼い卓之が笑っている。両親は若く、庭の柿の木は屋根より低い。

早映の知らない家族がそこにあった。そして近い将来、その中に自分も加わるのだと思うと不思議な気がした。

「優子さんたちも来ればよかったのにね」

「橋本が出張で、ねえさんはこの時とばかり友達と遊びに出たらしいよ。まったく困った主婦だよ」

帰りの車の中で、窓に流れる街の灯りに目をやりながら、早映は昨夜のことを思い出していた。

結局、残っているのは後味の悪さだけだった。

麻紗子はやはり自分とは違う世界に生きている人間なのだと思う。誰と恋をしようが、誰と寝ようが、もちろん彼女の自由で、口を出す筋合いはない。

けれども、気が合えばラフに男とベッドに入る女というのは、結局のところ、男たちにいいように扱われるだけではないだろうか。早映だって経験がないわけじゃない。自分は恋愛のつもりでいたが、気がつくと、寝るためだけの女になってしまっていたことがある。

もともと麻紗子とは価値観が違っているということだ。自分には関係ない。勝手にすればいい。

やがて車は早映のマンションの前で停まった。

「寄っていくでしょう」

「いや、今夜はよしとくよ」

「そう」

一瞬拍子抜けしたような気分になったものの、早映はひとりで車を降りた。

「じゃあ、おやすみなさい」

「おやすみ」

小さくなっていくテールランプを見つめながら、早映は小さく息をついた。

正直なところ、今夜とても卓之とセックスがしたかった。いいや、それは昨夜ポワゾンから帰ってからずっとだった。興奮が身体の奥でくすぶっていて、下着が触れるだけで早映の身体は反応していた。

その夜、風呂で丹念に身体を洗った。指先が当たると乳首の先が痛かった。そういえば生理が近付いている。それに気づいてかえって安心した。生理の前は時々こんな気分になる。決して、昨夜のことが尾を引いているわけではない。早映は両手で乳房を包み込み、口元まで湯ぶねに身体を浸した。

昼食時、同僚に誘われて、オフィス近くのレストランでランチを食べた。

みんなの様子がどうも変だと思っていると、案の定、話題はそのことだった。

「君島さん、芝木さんと付き合ってるんでしょう?」

まるで代表質問のように、ひとりが言った。早映はカップスープを口に運びながら、曖昧《あいまい》な笑顔を浮かべた。

「いいじゃない、言っちゃいなさいよ」

出会いが会社主催のパーティということもあり、やはり、情報は早い。本当は結納が済むまで知られたくなかったのだが、今さら隠すのもしらじらしいだろう。

早映は顔を上げた。同僚たちが興味津々《しんしん》の目を向けている。

「実はそうなの」

「やっぱり」

彼女たちは大きくため息をつき、フォークを手にしたまま椅子の背にもたれかかった。

「それで、結婚はいつ？」

もうひとりが訊ねる。

「ううん、まだそんなところまで行ってないの。時々、会ったりしてるだけ」

「ほんと？　そんなこと言って、すぐ婚約発表なんてことにならないでしょうね」

「やだ、そんなことないわよ」

早映は首を振った。話は確実に進んでいるものの、正式な式の日取りが決まったわけではないからそこまでは言えない。

けれど早映の頬には、自然と笑みが浮かんでしまう。内緒というのは何て気持ちのいいことだろう。結婚をぎりぎりまで隠していた友人たちは、みんなこんな気分を味わったのだろうか。

「芝木さんみたいなシブいところを押さえるなんて、君島さんもなかなか見る目があるわね。次の懇親パーティ、私も頑張ってみようかしら。いい加減、シングルライフも飽きちゃった。このまま会社にいても毎日にハリがなくなってゆくばかりだし」

「そうよね。仕事に生きるって言ったって、一般事務のOLにどうやりがいを持てってていうのよね。転職を考えるほど前向きじゃないし、これといった資格も特技もないし、やっぱり結婚しかないのよね」

「そう、結局何だかんだ言ったって、結婚退職こそがOLの花道ってものなの。それが現実なの。羨《うらや》ましいわ、君島さんが」

同僚たちは冗談半分に、けれど半分は真剣に呟いた。

ついこの間まで、その手の話題には身を乗り出すほど興味があった。しかし、今の早映は一歩退《ひ》いた感じだ。もちろん余裕の気分だ。そんな自分の現金さに、思わず笑いたくなった。

窓の外はもう初夏と呼んでもいい陽差しが降り注ぎ、街路樹が天に向かって葉を広げている。お昼時のオフィス街は、ビルそのものがホッと息をついている瞬間だ。制服に財布だけを手にしたOLや、ネクタイを緩めたサラリーマンが、ゆったりとした足取りで歩いている。

こんな風景がやけに愛《いと》しく見えるのも、結婚という安定した生活を目前にしたゆとりというものだろうか。

近くのビルの工事現場も、お昼休みに入っているらしく、作業員たちがテントの前でお弁当を広げている。外国人も多くいる。早映の視線は彼らを通り過ぎた。

その瞬間、えっ、と思った。慌てて見直した。

あれは……。

目を細めて確かめる。

「どうかした？」

同僚の声に早映は首を振った。

「ううん、何でも」

表面上は彼女たちの会話に加わりながら、もう一度確かめた。

間違いない。あの汚れた作業着の男。外国人労働者に紛れた男。明だ。あの夜、麻紗子と一緒に消えた男。建築家だと麻紗子が紹介した明。

建築家？　あれが？

とてもそうは見えない。現場で働く作業員そのものだ。

そういうことだったのか……そう、つまりそういうことだったのだ。

早映は混乱しながらも、話の辻褄《つじつま》を合わせようとした。

あの時、まるで選ばれた人間のような顔をして、センスのいい服を着て、気のきいた会話を交わし、裕福そうに振る舞い、才能に溢れた様子でいた……でも、本当はそうじゃない。

ふっと、笑いが込み上げてきた。何もかもが見えたような気がした。

同僚たちがいっせいに早映を見た。

「やあねえ、思い出し笑いなんかしちゃって。よほどいいことがあるのね」

「そうじゃないの」

早映は再びフォークを動かし始めた。


卓之の両親が岡山に出掛け、早映の両親と顔を合わせた。

結納の日取りは六月に決まった。結婚式は秋。式場は日にちと照らし合わせて卓之とふたりで探すことになった。

それから急に忙しくなった。ふたりのデートは楽しむことより、さまざまな雑事に追われた。ブライダルセンターを訪ねたり、ホテルに資料を請求したりした。披露宴に呼ぶ人数や料理のこと、そして早映にとっては花嫁衣装を選ぶのも大きな問題だ。

こんな時、母親がそばにいてくれたらと思うのだが、そうもいかない。卓之の母親に相談に乗ってもらうにもやはり抵抗がある。もし意見が割れた時、早映の方が折れなくてはならなくなりそうだ。

結局、力強いアドバイザーになってくれたのは優子だった。彼女は最近結婚したせいもあり情報も詳しく、頼りになった。

「任せといて、経験者なんだから。いろいろあるのよ、ああしておけばよかったってこと。何でも教えてあげるわ」

「助かります。ひとりでどうしようかと思ってたんです。卓之さんに相談しても、どっちでもいいとか、好きにすればいいとか、そんな返事しかしてくれなくて」

「男なんてみんなそうよ。私の時もそうだったわ。橋本なんか何の役にも立たなかったもの。結婚式は女のもの。アテにしてちゃ駄目よ」

優子とは、それから電話で連絡を取り合ったり、時には、会社帰りに待ち合わせたりするようになった。卓之の家を訪ねた時も、必ずと言っていいほど顔を出してくれ、遅くまで話し込むこともしばしばだった。

それからしばらくして、卓之に銀座の宝石店に連れて行かれた。

「結納に間に合わなかったら大変だからね」

早映の表情が思わずほころんでしまう。婚約指輪は、結婚というセレモニーの中ではずせない大切なものだ。

「本当言うと、ちょっと心配してたの。忘れてるんじゃないかって」

「結納のちょっと前でいいと思ってたんだ。そしたらねえさんに怒られたよ。サイズ直しのこともあるんだから早めに買わなくちゃ駄目だって」

さすがに優子だ。ちゃんと気を回してくれている。

ショーケースの中で輝いている宝石たちを、早映はゆっくりと見て回った。ルビー、サファイア、エメラルド、その美しさに目が釘づけになる。早映の誕生石は、トパーズだが、婚約指輪にするにはあまり気が乗らない。早映の足が止まったのは、やはりダイヤモンドの前だった。

結局これだと思う。他の石なら、自分のお金で買う気にもなるが、ダイヤモンドは、それも一粒のダイヤモンドとなれば、婚約指輪以外にその気になれない。ショーケースの中から何本かを取り出してもらい、指にはめてみた。あれやこれやと散々試して、その中で爪が小さめでシンプルなカットがされたものがいちばん気に入った。指輪には五十万と少しの値札がついていた。金額のことも考えなくてはならず、すぐそれに決めるわけにもいかない。早映が振り向き遠慮がちに目で訊ねた。

これでいい？

卓之もまた目で頷く。

ああ。

それで決まりだった。

卓之が支払いの手続きをしている間、早映は他の指輪を見て回った。こういう機会でもなければ、銀座の宝石店などなかなか入れない。

真珠、翡翠、キャッツアイ、オパール、とこちらは大人の石が並んでいる。まだ自分にはとても似合いそうもない。もちろん値札にもびっくりするような数のゼロが並んでいる。

ふと、早映の目が留まった。赤く輝く石が目についた。ルビーかと思ったが、色合いが微妙に違う。

アレキサンドライトだ。麻紗子がいつもしているあの指輪の石だった。

あれから、麻紗子からの電話は一度もない。早映の方も掛けてはいない。もう積極的に連絡を取ろうという気にはなれなかった。

あの直後は、後味の悪さや嫌悪という、さまざまな思いが交錯したが、今はそうでもない。むしろ冷静に受け止めている。考えてみれば、麻紗子のような女性はいないようで、どこにでもいたはずだ。高校の時、大学の時、OLになってからも。今さら驚くこともない。

もし、もっと若い時なら別の刺激を受けたかもしれない。自分もあんなふうに生きてみたい、男たちと気楽にベッドに入って楽しみたい。モラルとか罪悪感とかまったく気にせず、自由に奔放に。

けれども、今はもうそんなことに惑わされるような年でもなくなった。そんなものはいらない。たくさんの男たちとゲームのようにセックスを楽しむより、安定した生活の中にある穏やかなセックスを望みたい。麻紗子とは所詮《しょせん》、根本的に考え方が違うのだ。

「行こうか」

卓之から声がかかった。

「ええ」

サイズが直るのは十日後になるそうだ。


夜、パンフレットや雑誌を見ながら結婚式や新居のことを考えた。そのどんな迷いも、早映にとっては幸福につながるものだった。

式場とは別に、選ばなくてはならないものが他にもたくさんある。貯金は四百万ちょっと。東京で一人暮らしの割りには貯めた方だと思う。親の援助もあるので、少し値が張っても良い物を揃えたい。何せ一生に一度の散財なのだ。どうせ使うなら、後悔しない形にしたい。

そろそろ寝ようと思った頃だった、電話が鳴り始めたのは。

こんなに遅く、と思うと同時に予感がした。

受話器を取り上げると、最初に耳に入ったのはざわついた気配だった。ポワゾンだと、まだ相手が何も言わないうちに、わかった。

「私よ」

思ったとおり、屈託のない麻紗子の声が聞こえて来た。早映は一瞬緊張した。

「ねえ、出て来ない？」

前と同じように麻紗子は誘ってきた。

「悪いけれど、今夜はよしとく」

さりげない口調で言ったつもりだが、自分の声がいくらか硬く聞こえた。

「どうして？」

「もう、寝ようと思ってたところだから」

「眠るなんていつでもできるじゃない。でも、今夜しか楽しめないこともあるのよ」

「いいの、私は眠る方を選ぶから」

「そんなこと言って、今夜会わなくて、もし私が死んだら、早映はきっと後悔することになるわ。それでも、眠る方がいいって言うの？」

「その話はこの間も聞いたわ。でもちゃんと麻紗子は生きてる」

「この間と、今日は同じじゃないわ」

麻紗子の言い方が鼻について、早映は少々うんざりした気分になった。麻紗子はそれを素早く感じ取ったようだった。

「もしかして、何か怒ってる？」

「何かって何？」

「ねえ、質問に質問で答えるって、とても失礼なことよ」

「そうなの？　初めて聞いたわ」

麻紗子はお構いなしに言った。

「ケインはどうだった？　彼、悪くなかったでしょう。彼のお喋りは最高だけど、ベッドの中でちょっと無口になる彼も、シャイで素敵じゃなかった？」

「そんなこと知らないわ、あの後、ケインは先に帰ったから」

「あら、そうだったの。そう、それで早映は怒ってるの」

「違うわ」

思わず声を荒らげた。

「そんな大声出さなくても、私、ちゃんと聞いてる」

「そうじゃない。私は何も怒ってないし、ケインとは何でもないし、今夜私が行かなくても麻紗子は死なない。そういうこと」

麻紗子は受話器の向こうで沈黙を置いた。五秒、十秒、そして麻紗子は唐突にこう言った。

「ねえ、私が初めて早映を見た時、十年前のことよ、どう思ったか教えてあげましょうか」

「え？」

「早映が私のこと軽蔑してたのがすぐにわかったわ。何なのこの女、そんな目で私のこと見てた」

「まさか」

「そういう目には慣れてるから平気だったけど。私にそんな目を向ける女は、小さい時からいっぱいいたもの。私って女に嫌われるタイプなの。いじめられたり仲間はずれにされることなんてしょっちゅう。でもね、私は悔しいとか哀しいなんて感じたこと一度もなかった。なぜだかわかる？」

「なぜ？」

「私はちゃんと知ってたから。私をそんな目で見る女たちは、例外なく、私に嫉妬《しっと》してるって」

麻紗子の言葉には明らかに毒が含まれていた。

声の響きは何も変わらないのに、まるで今日のお天気を話すような口振りなのに、細い錐《きり》のような鋭さで早映を突き刺していた。

それは一種の挑発にも感じた。ふたりはすでに向き合っていた。

「行くわ」

早映は口にしていた。

「あら」

「一時間後に」

「そう、じゃあ待ってる」

場所にはいつも匂いがある。

その場所にふさわしい匂いが体臭のように染みついている。匂いは最初、違和感から始まる。それはやがて自分自身の匂いとブレンドされて、記憶の栞《しおり》となる。たとえその場所を忘れることがあっても、匂いが鼻を刺激すると、記憶がピタリと捜し当てる。

ポワゾンのドアを開けた瞬間、早映はこの匂いを忘れていない自分を知った。そしてたった二度訪れただけなのに、このアルコールと煙草と笑いと退廃と哀しみが入り混じった匂いに、すでに懐かしささえ感じていた。

麻紗子はボックス席にいた。周りには知らない男たちが座っていた。早映に気がつき、麻紗子が顔を向ける。笑顔を浮かべる彼女の顔には、ついさっきの電話の緊迫感など何も感じられない。

「そっちに行くから」

そう言って麻紗子が席を立つと、男たちがおいてきぼりにされる子供のような目を向けた。

「後でね」

麻紗子がなだめるように彼らに言った。

今夜、あの中の誰と麻紗子はベッドに入るつもりなのだろう。

早映が先にカウンター席に腰を下ろすと、都築がコースターを差し出した。先日と少しも変わらないいつもの眼差しだった。

「いらっしゃい」

「こんばんは」

ほんの少し、都築が早映の顔を覗き込んだ。

「今夜はちょっとおっかない顔をしてるね」

早映は思わず頬に手を当てた。

「そうですか？」

「そういう顔がさまになれば、女も一人前だけれど」

「私、全然さまになんかなってないですよね」

「ああ、なってない」

そう言ってから、都築は付け加えた。

「さまになんかなる必要はないよ」

「どうして？」

「一人前になった女ほどつまらないものはないからね」

麻紗子が隣に腰を下ろした。柔らかな彼女の体温を感じる。早映は少し息苦しくなる。

「私、ジンリッキーね。早映は？」

「コロナビールにする」

それぞれのグラスが目の前に置かれる。ふたりの様子がどこかぎこちないことを、都築はすでに感じとっているはずだ。なのに何も言わず、むしろ面白がっているような様子で、カウンターの隅へ行ってしまった。

交わす言葉が見つからなくて、早映は少し苛々《いらいら》した。気まずい沈黙は、先に破った方が不利になるということはわかっているのに、口火を切る方を選んでしまう。そんな自分の気の小ささにうんざりしながら、訊ねた。

「あれから元気にしてた？」

「もちろん」

麻紗子はグラスを口に運びながら答え、そして小さく噴き出した。

「なに？」

「だって、きっと最初にそう聞くだろうと思ってたから。早映ってほんと意外性がないタイプなのね」

明らかに棘《とげ》を含んだ言葉だった。麻紗子はすでにそのつもりだということだ。つまり、さっきの電話で挑発と感じたのは間違っていなかったということだ。

「どうして私を怒らせようとするの？」

「そうじゃない、私はただ早映の本心を見たいだけ」

「私の本心ってなに？　私が麻紗子をどう思っているかってこと？」

「ううん、早映が早映自身をどう思ってるかってことよ」

「そんなこと知ってどうするの？」

「私を軽蔑しながら羨んでる女の気持ちっていうのを、知りたいから」

「期待に添えなくて申し訳ないけれど、私はあなたを軽蔑してないし、羨んでもいない」

「たいていみんなそう言うわ。でも、違うの」

「それは自意識過剰なんじゃない」

「自意識過剰っていうのはね、誰の目にも留まらない女に使う言葉よ」

早映は大きく息を吐いた。

「友達になったんじゃなかったの、私たち」

麻紗子が煙草を取り出した。形のよい唇から細く長く吐き出される煙が、身をよじらせるように揺れながら昇ってゆく。

「友達ね」

麻紗子が口の中で呟いた。

「そうじゃないの？」

「ケインと寝ればよかったのに」

早映は眉をひそめた。

「まさか」

「どうして？　彼のこと嫌いだった？」

「そういう問題じゃないわ。あの日、初めて会ったのよ。そんなことできるはずないじゃない」

「そうかしら」

「わかったわ、言い方を換えるわ。彼とそんなことをする気になれなかったの」

「婚約者がいるから？」

早映はわずかに眉をよせた。

「知ってるの？」

「当たり前じゃない。この間のパーティで会った渡の友達でしょう。でも、そんなことケインと何の関係もないじゃない」

早映は馬鹿馬鹿しいような気分になった。まるで言葉の通じない相手と話しているように思えた。

「私にとっては関係あることなの。そういう人がいるのに他の人と寝られるようなタイプじゃないの」

「わからないわ」

「わからないのは私の方よ。麻紗子こそ、愛してもないのによくそんなことができるわね。あなたの神経を疑うわ」

「愛？　やだ、私は今セックスの話をしているのよ、どうしてそこに愛が出て来るの」

心底驚いて、早映は麻紗子に顔を向けた。

「あなたにとって、それはまったく別のものなの？」

逆の意味で、麻紗子もまた心底驚いたような目を向けた。

「当たり前じゃない。気持ちのいいことは誰でも好きでしょう。稽古《けいこ》に疲れた時、私はマッサージをしてもらうわ。汗をかいたらシャワーを浴びるわ。だって気持ちがいいから。セックスはそれと同じでしょう。どんな違いがあるっていうの？」

早映は息を吐き出した。

「あなたとは根本的な価値観が違うのよ。私はマッサージやシャワーと、セックスを同じになんてとても考えられない」

「じゃあ、何と同じなの？」

早映はしばらく口ごもった。言葉にするにはためらいがあった。口にしたとたん、ただの綺麗ごとのように聞こえてしまいそうな気がしたからだ。それでも、それを口にするしかなかった。それ以外、思い浮かばなかった。

「だから、愛でしょう」

「早映の少女趣味には驚くばかりだわ」

麻紗子が冷ややかな笑い声を上げた。

早映は屈辱的な思いにかられて、かっと身体が熱くなった。

「そういえば聞いたことがあるわ、誰とでも寝る女って、本当はひとつの愛が欲しくてたまらないんですって。それを手に入れたくて、次から次へと男を替えていくって」

自分の言葉が自分を興奮させていた。

「あら、まさかあなたから愛についての蘊蓄《うんちく》を聞くとは思ってもなかったわ。でもそれって、どうせ下らない女性誌か何かの受け売りなんでしょう。早映自身が実践してきたことで言葉にできることってあるの？」

それから早映の顔を眺めて、首をすくめた。

「あるわけないわよね。だってあなたって、退屈に生きることを、賢い選択と信じ込んでるような人だもの」

「私のこと、知りもしないのに勝手なこと言わないで」

「じゃあ聞くけれど、あなたは今までどんな愛し方をして来たっていうの。男のために死んでもいいと思ったことある？　何もかも捨ててしまったことはある？」

早映は返答に詰まった。

麻紗子は畳みかけるように後を続けた。

「私は愛を知ってるわ。愛する時はいつも命をすり減らすほど愛するわ。そのことでは誰にも負けない自信がある。でも、それとセックスとをつなげてないだけよ。本当に愛してたら、たとえその人とはセックスしなくても私は十分満足できるわ。一緒にいるだけですべてが満たされるもの。でも身体の欲望を満たすのは愛とは違う。それはセックスそのものよ。おなかがすいたり、眠くなるのが、恋人とは関係ないところにあるのと同じよ」

早映はグラスを握り締めたままだ。返す言葉が見つからなかった。

「それと、言っておくけど、私は誰とでもセックスするわけじゃない。私が気に入った男とだけよ」

「自信たっぷりなのね」

「真実を言ってるだけよ」

「でも、あなたはそう言うけれど、男にとってこんな都合のいいことはないんじゃない？　愛とセックスは違うなんて理由づけする女ほど、遊びに最適な女はいないもの」

麻紗子がグラスを置いた。

「遊ばれる、なんて言葉を使うとはね。早映って、そういう発想だからつまらない人生しか送れないのよ。セックスって誰のためにするものなの？　男のためなの？　そうじゃないでしょう。自分のためでしょう。私は一度だって、遊ばれてるなんて思ったことないわ。だって私が気持ちよくなりたいからしてるんだもの。言い方を換えれば、男は私にとってのひとつの手段なのよ。マスターベーションの道具と思ってくれてもいいわ。女が快感を求める時、指を使ったりバイブを使ったりするでしょう、それと同じよ」

麻紗子の言葉はひとつひとつが熱い石のようだった。表面だけでなく、真ん中はもっと赤く燃えている。そしてその石を摑《つか》んでしまった以上、もう放すことができない。ふりほどこうとしても皮膚にぴたりと吸い付いて来る。

「そういう考え方って、もう古いんじゃないのかしら。今は感染症の怖さも知られてるのよ。誰とでも寝るより、長く付き合えるパートナーを探すべきだって世の中だわ」

「病気はもちろん怖いわよ。でも本当に怖いのは病気じゃない。病気に対して無知ってことよ。私はセックスの相手はたくさんいるけど、無知な男はひとりもいないわ。道を歩いていて、ナンパされて、その辺のラブホテルにしけ込んじゃうような女とは違うのよ」

「私には同じにしか見えないわ」

麻紗子は軽く息を吐き出した。

「ねえ、認めればいいのよ。私のこと本当は羨ましがってるんでしょう。だったら、軽蔑することで自分をごまかす前に、早映ももっと自由に生きてみればいいじゃない。我慢することないわ、セックスしたいならしたいって、素直に認めればいいのよ」

完全に頭に血が上っていた。

「勝手に決めないで。何が自由よ、何が素直よ。よく言うわ。空々しくて笑っちゃう。口ではかっこいいこと言っても、所詮は嘘で固められた関係でしょう。その場限り、口からでまかせを並べて、いい気分に浸ってるだけ。私、知ってるのよ」

麻紗子が怪訝《けげん》な表情を向けた。

「知ってるって、何を？」

これはひとつの切り札のようなものだと思った。

「この間の明って人のことよ。確か、あの時は建築家とか言ってたわよね。でも私、見たわ。ビルの工事現場で働いている彼のこと。嘘ばっかり。単なる現場作業員じゃないの。この店では有能な建築家なんて気取っていても、所詮はその程度の男なんじゃない」

麻紗子の眉と眉の間に、はっきりとした不快感が広がった。

「だからって、それがどうしたの。明が建築家だろうとビル工事の作業員だろうと私には関係ないわ。肩書きなんか何の必要もないの。本当は名前もいらないくらいだわ。会って、話して、セックスしたいと思った、それ以上の出会いがどこにあるの？」

「そうして、ろくでもない男に騙《だま》されるんだわ」

「工事作業員がろくでもない男？」

早映は黙った。

「早映みたいなタイプの人間ほど、人のいいような顔をして平気で人を見下すのね」

的を射た非難にうろたえていた。

「そうじゃない。私はただ、嘘をついてるっていうのが我慢できないだけ。作業員ならそれでいい、始めからそう言えばいいじゃない」

「じゃあ早映はどうなの。会った時、私に話してくれた自分の肩書きに何の嘘もなかった？」

「え……」

早映は唇を噛《か》んだ。初めてこの店に来た時、商社で仕事をバリバリこなしているように誇張して言った自分を思い出していた。

麻紗子は最初から、すっかりお見通しだったに違いない。

「あのパーティで早映を見た時、私、とても可笑《おか》しかったわ。ありきたりに生きてる人間って時間は何の役にも立たないのね。だってあの時と同じ目をして、早映は私を見たもの。動物園で面白い生き物を見る時のような目よ。早映って、中学生の頃は制服の下にいつもブルマーをはいてたでしょう。トイレには自分が行きたくなくても女の子同士で固まって行くの。セックス記事の載った週刊誌は回し読みするのに、実際は何にもできなくて、妊娠した女の子の話を聞くと、好奇心いっぱいで堕ろす費用をカンパしたロね。就職活動では、伊勢丹に行ってリクルートスーツを買って、マニュアルどおりに面接官に愛想を振り撒《ま》いて、会社に入ったらお茶くみしてコピー取って、後は適当な恋愛を二、三回。三十も過ぎたし結婚したくて、無難な相手を見つけて……」

早映は乱暴にグラスを置いた。グラスを持つ指が震えていた。

「やめて、勝手に想像しないで」

「でも、間違ってないでしょう。早映を見てると、みんな見えて来るのよ」

真正面から、こんなに容赦なく自分を批判されるのは初めてだった。今まで親や友人と言い争うことはあっても、言葉をここまで凶器にされたことはない。

「早映を見て、うんざりしたわ。何かこうちまちましてるの。何もかもが普通で、十人中九人が選ぶようなもの選んでるの。そして信じられないことに、そういうことに何の疑問も持とうとしないんだからあきれちゃう。それで、自分は平凡だけど、こんな平凡が結局はいちばん幸せ、なんて平気で思ったりしてるのよね。そういう神経ってどこから来るのかしら。せっかくケインのような魅力的な男を紹介して、あなたにきっかけを作ってあげたのに、やっぱりそれも無駄にしてしまうなんて、ほんとどうしようもないぐらい、つまんない人」

早映は膝の上で、拳《こぶし》を握り締めた。

「あなたに関係ないわ、どう生きようが私の勝手よ。確かに、麻紗子は私と違ってありきたりに生きてないかもしれない。けれど、それが何だって言うの？　あなたやケインや明のように、すぐベッドに入ることに何の意味があるの？　誰もがあなたたちのように毎晩セックスしたがってるわけじゃないわ」

「そうかしら。私は想像以上にセックスしたがっている人間っていると思うわ。ただ、それを口に出せないだけ。どうしてかしら、セックスしたいってことは下品でも何でもないのに。むしろ、したいのを無理にごまかして、そんなことは考えてませんって聖人面《づら》を装ってる方がよほど下品なのに」

「わかった、好きにすれば。何を思おうがあなたの勝手。もう、止めようとは思わない」

「早映、あなたは本当に婚約者とのセックスに満足してる？　もっとたくさんの男たちと、自由で奔放で心から楽しめるセックスをしたいと思ってない？」

「思ってない」

「本当は、もっともっと深い快感が身体の中に埋もれているのではないかって、焦《じ》れったいような気持ちはない？」

「もう、うんざり。あなたたちは好きにすればいい。それにとやかく言うつもりもないわ。私は婚約者で十分満たされている。身も心もね。だからもう放っておいて。所詮、麻紗子と私とは生きる方向が違うのよ」

　これ以上、話を続けても共通点が見つかるとは思えなかった。

「そうね、確かにそうみたい」

「そろそろ、帰るわ」

　早映はバッグを手にした。

　ふと、麻紗子が呼びとめた。

「これって、どうでもいいことだけど」

「何？」

「明のことよ。その工事現場、伊吹建設という会社がやってなかった？」

「そんなの、覚えてないわ」

「明はそこの三代目なの。今は修業中で、作業員たちと一緒に働いているの。そんなこと、本当にどうでもいいことだけどね」

　麻紗子が笑っている。冷笑と呼んでよかった。早映は自分の身体の細胞の一部が壊れてゆくのを感じた。

　早映は席を立ち、麻紗子と正面から向き合った。

「麻紗子、あなたが何のために私をけしかけようとしているのかわからない。でもお生《あい》憎《にく》さま、私には必要ないわ。ケインと寝なかったのがその証拠よ。私、今、ハッキリ言えるわ。麻紗子、あなたを軽蔑するって」

それが早映にとっての精一杯の捨てゼリフだった。麻紗子がどう傷つこうと、構いはしない。その百倍も自分は傷つけられたのだ。

早映はドアに向かって歩きだした。

「早映、あなたの中に、私はいない?」

麻紗子の声に早映は振り向いた。麻紗子がその瞳を赤く燃やし、早映を見つめている。

彼女はもう一度言った。

「あなたの身体の中に、私という女は存在しない?」

「しない」

「本当に?」

「さよなら」

そして早映は店を出た。

六月。

岡山で結納は無事終わった。早映は何年ぶりかで着物を着、美しい水引きに包まれた品々を受け取った。それはまさに「つつがなく」とか「縁あって」などという言葉がしっくりと馴染《なじ》む儀式だった。

仲人を頼んだのが卓之の直属の部長ということもあって、結局すぐに社内にも伝わり、早映は同僚たちに冷やかされたり、善意の皮肉を言われたりした。そんな中で、早映は結婚が決まったいちばん幸福な女性というのを、改めて味わった。

週末、日中にデートをして、その後はたいてい卓之の両親と夕食を共にする。そんなパターンが続いていた。早映はもうキッチンのどこに何が置いてあるか把握できるようになり、卓之の父親が好きなお茶の濃さも心得るようになっていた。早映はすでに客としてではなく、家族の一員として扱われていた。

二階にある卓之の部屋はいつもきちんと整えられている。窓ぎわのベッドと壁ぎわの机は学生時代のをそのまま使っているようだ。機械いじりが趣味の彼は、オーディオ関係に凝っていて、スチールラックの中にさまざまなチューナーやアンプが並べられている。ひとり息子ということで隣の部屋も彼が自由に使い、洋服関係はそちらに置いてあるらしい。

テーブルに結婚式場のパンフレットを広げ、早映は卓之に説明をした。優子のアドバイスに従って、ようやく三つにまで絞っていた。

「お料理が最高なのはこっち。でも交通の便があまりよくないの。この式場は最近建ったばかりで新しいし、雰囲気としてはいちばんだと思うのね。最後のこれは何と言っても格式があって、来ていただく方には満足してもらえるけど、予算をオーバーしそうなの。一長一短それぞれあって、選ぶのが難しい」

「うちの親戚関係はみんな岡山でしょう。宿泊のことも考えると、やっぱり交通の便のいい方がいいかなって思うし」

「ほんとだな」

ふっと、卓之の手が早映の髪に触れた。早映が顔を向けると、頬に彼の息がかかった。言葉を発する前に、すでに卓之の唇が早映の唇を捕えていた。

「駄目よ……」

「どうして」

「下にいらっしゃるんだし」

「誰も上がって来ないさ」

唇を割って舌が入り込んで来る。柔らかな息と温かな液体が混ざり合う。すぐに卓之の手がブラウスの上から早映の乳房を愛撫した。服の上からでも卓之の指は正確に乳首を捜し当てる。それに反応して堅く尖るのが自分でもわかる。やがてその手はスカートの下へと移ってゆく。

スカートの下に滑り込んだ卓之の指は、ストッキングの上から、早映の敏感な部分を刺激する。血液が集中し、そこだけ体温が上がったように熱くなる。やがてまどろっこしい興奮に業を煮やして、卓之がストッキングを脱がし始める。早映は少し抵抗したが、すでに身体が許している。少し腰を上げ、彼の作業を手助けすると、卓之はストッキングだけでなくショーツも一緒に膝まで下ろした。それからゆっくりと指を使い始める。早映は膝にからまったストッキングとショーツで足を自由に広げられない。その中途半端な姿勢がひどくいやらしい。卓之の指が螺旋《らせん》を描く。そして熱く潤ったその場所に遠慮なく侵入して来る。ジンと腰の裏側に痺《しび》れが走る。思わず声が喉を通り抜けそうになる。

その時、階段を登る気配を感じた。ふたりは慌てて身体を離した。

「私よ、入っていい？」

優子だった。ストッキングとショーツは膝に下りたままだが、早映は素早くフレアスカートで隠した。はき直す時間なんてない。髪に手をやり乱れを直す。たった三秒で、表面上はもとのままのふたりになった。

「ああ、いいよ」

卓之の声に、優子が顔を出した。

「ごめん、お邪魔だったかしら」

「いいえ、どうぞ。今ちょうど、式場のことを話してたんです。優子さんが勧めてくれた三つのうちの、どれにしようかと思って」

優子は部屋に足を踏み入れたものの、何かを感じたようにふっと立ち止まった。ひやりとした。部屋にはもしかしたら気配のようなものが立ち籠めているのかもしれない。

優子が早映の隣に腰を下ろした。

「それなんだけど、もうひとついいのがあったのよ。公の機関なのに、なかなかお洒落《しゃれ》なの。費用も手頃だし、場所的にも便利だし」

優子が持って来たパンフレットを広げて説明を始めた。早映はフレアスカートの中を気にして、手で裾を引っ張った。

優子の説明に頷いてはいたが、話は少しも耳に入って来なかった。正直言えば、早く卓之とふたりになって続きをしたかった。

結局、十時近くまで優子は部屋に居座った。

さすがに時間が気になった。あまり長居するのも気がひけた。卓之に目配せすると、小さく頷き返してくれた。

「ねえさん、今夜はこの辺にしておこうよ。パンフレットをよく読んで、検討しておくからさ」

「あら、もうこんな時間。卓之、早映さんを送っていくんでしょう」

「ああ、そのつもりだけど」

「だったら、私も連れてってよ」

えっ、と早映は優子を振り返った。

「私もたまには夜のドライブをしたいの。ねえ早映さん、いいでしょう」

早映は気持ちとは裏腹に笑顔で頷いた。

「ええ、もちろん」

卓之が面倒くさそうに言った。

「橋本はどうしたんだよ。放っておいていいのか」

「あの人は夕ご飯を食べたら、バタンキューよ。お昼にゴルフ接待だったから疲れ切ってるの」

「しょうがないな」

卓之が答えた。不満が思わず顔に出そうになった。どうして断ってくれないのだろう。さっきの続きをしたいと卓之は思ってないのだろうか。そう思ってる間に、優子は階段を下りて、卓之の両親に声を掛けているのが聞こえてきた。

「私、ふたりと一緒にドライブしてくるわ。帰りは卓之に送ってもらうから」

結局、帰り支度を整え、両親に挨拶して三人で車に乗り込んだ。

車に乗ってしばらくの間、優子はやけにはしゃいだように喋っていたが、すぐに静かになった。振り返るとシートにもたれて目を閉じている。眠ってしまうくらいなら、わざわざ乗って来る必要もないのに、という気分になった。

「部長が、今度自宅に遊びに来いって言ってるんだ」

卓之の声に早映は身体を正面に向けた。

「式のことで打ち合わせしなくちゃいけないこともあるだろう」

「そうね、まだちゃんとふたりでご挨拶してなかったものね」

「来週にでも顔を出そうか」

「ええ」

眠っているとしても、後ろに優子がいると思うとどうも話しづらい。それは卓之も同じらしく、早映のマンションに着くまでお互い黙りがちになった。

早映が降りると、優子がドアを開けて後ろのシートから降りて来た。

「ごめんなさい、やっぱり邪魔しちゃったわね。本当言うと橋本と喧嘩して、ちょっと気分転換したかったの。怒らないでね」

「いいえ、気にしないでください」

「あ、そうそう、言うの忘れてたわ。今度青山のブライダルショップで、うちの取引先がウェディングドレスの新作展示会をやるの。あのブランドのドレスはいつも本当に素敵だから、一緒に見に行きましょうよ」

「ええ」

「また電話するわ。おやすみなさい」

「おやすみなさい」

優子は今しがたまで早映が座っていたシートに乗り込んだ。卓之が姿勢を低めて、早映に軽く手を上げる。走りだすとすぐに赤いテールランプは見えなくなった。

部屋に入っても、早映はどうも落ち着かなかった。中途半端な思いが身体の中に意地悪く居座っている。いつもどちらかと言うと礼儀正しくセックスをする卓之にしては、めずらしく荒っぽい行動だった。そしてそれは早映をとても興奮させた。なのに、途中で放っぽり出されてしまったという感じだ。

バスにお湯を張り、早映は着ているものをすべて脱いだ。ショーツに興奮の名残りを見つけ、くるくると丸めて洗濯機へと放り込んだ。身体と心を鎮めるには、いつもお風呂がいちばん効果的だった。

いつもよりいくらか長めの時間をかけたお風呂から上がって、卓之の携帯に電話をした。用事があるわけではなかったが、車で送ってもらった時は、無事に着いたかどうかを確認するためにも後で必ず連絡を入れることにしていた。

あれから四十分ほどたっていてもう家に着いている時間だ。けれども留守電になっていた。まだ戻ってはいないのか、それとも電源をオフにしたままなのかもしれない。簡単なメッセージだけを残しておいた。

髪を乾かし、明日の通勤着を用意して、ベッドに入った。

目を閉じると、卓之の指の感触がどこかにまだ残っていて、意識の底からゆっくりと興奮が沸き立ってくるのを感じた。それとつれだって夢の中に足を踏み入れて行く。もっと刺激的で、もっといやらしく、たとえ卓之とは共有できない方法でも、頭の中でなら何でもできる。

その時、不意に電話がコールし始めた。枕元のデジタル時計を見ると、そろそろ午前零時になろうとしている。

一瞬、麻紗子かと思った。そんなわけはない。彼女とはもうきっぱり縁を切ったのだ。卓之に違いない。メッセージを聞いて掛けて来たのだろう。

「もしもし」

早映は受話器を取り上げた。

「悪いね、こんなに夜遅く」

耳に、低い声が流れ込んで来た。男の声だ。でも卓之ではない。

「いえ」

それが誰か、早映はすでに気づいていた。そして、気づいた自分にうろたえていた。

「都築だけれど」

早映は意識して、ゆっくりとした声で訊ねた。

「わかっています。どうしたんですか?」

「驚かないで欲しいんだ」

都築の声はあくまで静かだ。けれどもひどく哀しい響きを持っていた。

何かよくないことが起きた、その察しだけはついた。

「何があったんですか？」

「麻紗子ちゃんが死んだ」

3　夜の匂い

夏が訪れていた。

道路もビルも空も、照りつける太陽に溶け出して、白く濁ってゆくようだった。会社から戻り、マンションの部屋のドアを開けたとたん、熱気が波のように溢れて来て、早映の息は思わず止まってしまう。まるでこの部屋は培養液だ。理科の実験で見た、寒天に広がる細菌のように、知らない生物が早映のいない日中にどんどん繁殖して、部屋の中を占領してしまったように思える。

急いで窓を開けても、外の汚れた空気はかえって増殖を促すように感じてしまい、エアコンのスイッチを急速冷房にした。

早映は冷えるまでの間、あまり息をしないよう注意しながら部屋の中でじっとしていた。

それでも汗が背中を伝い落ちて行った。

「いつでもいい、店に顔を出してくれないか。渡したいものがあるんだ」

あの時、都築はそう言って電話を切った。麻紗子が死んだと言ったあの夜だ。

それからすでに半月が過ぎていた。早映は今もまだポワゾンには行っていない。

行くどころか、あれから麻紗子のことについては何も考えないようにして過ごして来た。

そうしないでおこうと思えば、そうできないこともなかった。

麻紗子が死んだ。

最後に会った夜、互いに容赦なく言葉をぶつけ合った。それはフィフティフィフティだったはずだ。けれども、麻紗子が消えてしまった今、傷つけたことも傷つけられたことも、すべて自分ひとりで背負わなければならないような気がした。

麻紗子の死を信じるくらいなら、都築の言葉を忘れる方がよほど簡単だった。

ポワゾンにさえ顔を出さなければ、麻紗子の死は死ではない。死んだことを信じる必要もなければ、そのことで胸を締め付けられる必要もない。たとえ、二度と会うことはなくても、彼女はあの店でまだ自由気儘《きまま》に振る舞っていると想像している限り、早映は麻紗子をはっきりと拒絶できる。

何も考えない代わりに、早映の心は動けなくなった。

仕事をしていても、卓之と会っていても、習性としての反応はできても、早映の心は身体の中で身を丸めていた。早映はどこか、他人の身体を借りて呼吸しているような毎日を過ごしていた。

優子からウェディングドレスの展示会の誘いがあったのは、細かい雨が降っている七月も半ばを過ぎた土曜の午後だった。

青山のホールには、何のてらいもなく幸福をイヤリングのようにぶらさげた女性たちが集まっていた。母と娘というケースが多いが、婚約者同伴も少なくない。試着を済ませた女性が登場するたび、あちこちで華やかな声が上がっていた。

優子と会場を一周したが、早映にはどれも同じドレスに見えた。衿の形がどうだとか、レースとタフタの違いだとか、優子はいろいろと説明をしてくれるのだが、早映はただ頷いているだけで、気持ちが少しも高揚しなかった。

「ちょっと座らない?」

優子に言われて、ふたりは会場の隅のソファに腰を下ろした。ここから見るとホールの様子は一目瞭然だ。ドレスを前にした女たちの熱気に、何だか気分が悪くなってしまいそうだった。

「式場は決まった?」

優子が訊ねた。

「まだなんです。最終的に、優子さんがこの間言ってた公共機関と、ホテルのふたつに絞ったんですけどなかなか決心がつかなくて。まあ、私はどっちでもいいと思ってるんですけど」

すると、不意に優子が硬い声で言った。

「そんな言い方はないんじゃないの」

「え？」

「どっちでもいいだなんて、ずいぶん投げやりなのね」

「そういうわけじゃ」

「早映さん、卓之との結婚に乗り気じゃないの？」

早映は思わず優子を振り向いた。

「まさか」

「さっきから、どのウェディングドレスもろくに手にしないうちに戻してるし、試着する気もないみたい。どうしてかしら。そんな早映さんを見ていると、何だか少し、卓之が可哀そうになって来るわ」

早映はその時になって、優子が怒っているのだと気がついた。

「すみません。そうじゃないんです。何だかここのところ、疲れてるみたいなんです。

式場のことは、どっちでもいいっていうより、どっちも捨てがたくてなかなか決められないって意味なんです。優子さんに不愉快な思いをさせてしまったのならごめんなさい」

早映は無難な言い訳を口にした。

「そう」と、頷いたものの、優子はあまり納得してはいないようだった。

もう少し何か言った方がいいかもしれない。こういうことが優子の口から卓之や彼の両親に伝わったら嫌だなと考えていた。

けれど、早映はとりなす言葉をこれ以上探すのが面倒に感じられた。どこかで、何をどう思われようが構わない、というような気分があった。

「今日はもう帰りましょうか。これ以上いたって時間の無駄になるから」

優子がソファから立ち、早映はそれに従った。

地下鉄の駅で相変わらず不機嫌そうな優子と別れ、ひとりになると、早映はさすがに後悔し始めていた。

自分の態度はやはりまずかった。もっと優子の機嫌をとっておくべきだった。優子は今日のことを、卓之や彼の両親に何て報告するつもりだろう。いつもつい考えてしまうことだが、とにかく卓之を不快にさせたくなかった。もちろん、彼の両親に対してもだ。この結婚に影を落とすようなことになったらどうしよう。

気持ちが安定しない原因は、もちろんわかっている。それが早映の気持ちを結婚からはぐらかせている。

あの夜から、自分の中に居座っている原因をもう放ってはおけないと思った。それと向き合わなければ、いつまでたっても今の状態から脱することはできない。

麻紗子が死んだ、死んでしまった。

その事実を受けとめに、あの店にもう一度行こう。

ポワゾンのドアがとても大きく見えた。

早映は緊張した手でノブを回した。

店の匂いが溢れてくる。それを懐かしいと感じる自分に、すでに早映は怯《おび》えに似たものを感じていた。

まだ八時と時間が早いせいか、中には都築がひとりいるだけだった。カウンターの中から都築は顔を向けると、驚く様子もなく、前と同じに早映を出迎えた。

「いらっしゃい」

「こんばんは」

早映はスツールに腰を下ろした。

「何を飲む？」

「スコッチの水割りをください」

都築がグラスを取り出す。氷を落とす。ボトルから琥珀《こはく》色の液体を注ぐ。水を加える。ステアする。その一連の動きを早映は黙って見つめていた。

「本当なんですね」

「ああ、本当だ」

都築の目がゆっくりと早映に向けられた。

この人は、私がどんな気持ちでこの半月を過ごしていたかを知っている。

早映は差し出されたグラスを手にした。そして、ただその冷たさだけを味わうように口に含んだ。

「事故だったんだ。歩道橋の階段から足を滑らせてね。あの夜は、ちょうど夕方から雨が降り始めていた」

都築の声が胸を射る。その痛みに早映の呼吸は止まりそうになった。

「渡が一部始終を見ていたそうだ。歩道橋の上に立っている麻紗子ちゃんを見つけて呼んだら、にっこり笑って手を振ったそうだ。それから階段まで走ってきて足を滑らせた。あっと言う間の出来事だったそうだ。それから二日間、ほとんど意識不明の麻紗子ちゃんに渡はずっと付き添っていた」

「……そうですか」

「ふたりとも、ここに来る途中だったそうだ。こうしていると、麻紗子ちゃんがいつものように、ドアから入って来るような気がするよ」

都築がドアに目を向け、早映もまたそれにならった。

「もしかしたら」

「え？」

「もしかしたら、自殺なんてこと……」

早映はその言葉を口にした。それはずっと考えないようにしていた。そんなわけはない。あの麻紗子に限ってそんなことをするはずがない。

けれどどこかで拭えないのだった。知らせを受けたあの夜から、早映の心にしつこくまとわり続けているのだった。

「どうしてそう思うんだい？」

「どう言えばいいのか。ただ麻紗子の生き方は、危うくて、張りつめていて、どこかいつもぎりぎりだったから」

「かもしれない。けれども本当のところは誰にもわからない。わかる必要もない」

都築は少しの間、言葉を途切らせた。

「ただ」

早映は顔を向けた。

「いつ死んでもいいというような生き方をしていたのは確かだ。それはつまり、彼女にとって、死ぬことは生きることと同じ価値を持っていたんだと思う」

麻紗子が死んだ、死んでしまった。

それはあまりにも麻紗子らしい不意な消え方だった。

都築が自分のためにグラスを用意した。スコッチを注ぎ、そのまま口に運ぶ。早映は焦点の合わない目でその仕草を見つめている。

「私、あの時、麻紗子にひどいことを言ってしまった。どうしてあんなこと言ってしまったのかしら。すごく後味が悪くて」

「でも、麻紗子ちゃんは君が好きだったよ」

早映は思わず顔を上げた。

「私を？ まさか。嫌ってたわ。ううん、私みたいな退屈な生き方をしてる女を軽蔑してた。都築さん、聞いたでしょう。私と麻紗子が言い争うの」

「だいたいはね」

「あれが麻紗子の本心だわ」

「僕は麻紗子ちゃんと長い付き合いになるけど、麻紗子ちゃんがあんなにムキになってものを言うのを初めて見たよ。彼女にとって、どうでもいい相手は本当にどうでもいいんだ。何をどう思われようと意に介さないんだ。けれど君にはムキになったろう。それだけで、麻紗子ちゃんが君をどう思っていたか想像がつくよ。そして君も、どう口で言おうと本当は麻紗子ちゃんに惹《ひ》かれていたんだろう」

早映は唇を噛んだ。都築の言っていることは、早映の思いを的確に言い当てていた。

「君に来てもらったのは、預かってるものがあるからなんだ」

都築がカウンターの中に手をやり、そこから取り出したものを早映の前に置いた。

「これは……」

麻紗子がいつもしていたアレキサンドライトの指輪だった。

「私に？」

「最後に意識が戻った時、渡が麻紗子ちゃんから頼まれたそうだ。これを君に渡して欲しいって」

「どうして、私に」

「さあ、僕はよくは知らない。渡に頼まれただけだからね」

「私、受け取れない」

早映は首を振った。

「麻紗子ちゃんがそう望んだのだから、彼女の気持ちをくんで受け取ってあげて欲しい」

早映は麻紗子の言葉を思い出していた。ずっと前、そう優子のパーティで会った時だ。

（この指輪は代々本当に欲しがってる女性の手元に渡されてゆく運命なんだって）

麻紗子はそんなことを言ったはずだ。確かに指輪の美しさに魅せられた。欲しいとも思った。だからといって、こんな形で自分の手元に届くとは考えてもいなかった。

早映はしばらく迷っていた。けれども、やがて都築の目に促されるようにしてそれを手にした。ひんやりとした感触がそのまま麻紗子の死を連想させた。

「じゃあ、いただきます」

早映はバッグからハンカチを取り出し、それを包んだ。直接自分の指にはめるには、麻紗子の存在がまだあまりにも強すぎた。

指輪をバッグに入れ、代わりに財布を出そうとすると、都築が制した。早映はその気持ちを受けて、軽く頭を下げ、スツールから下りた。

「ありがとうございました」

「ああ」

答える都築は、どこか遠くを見つめていた。

ようやく式場が決まった。

散々迷ったものの、結局、交通の便がいいホテルを選んだ。料理や引出物を選ぶこと、それから招待客のリストを作ること、雑事はひとつが決まるといっそう増えて行った。

今夜、卓之は早映のマンションに来ていた。渋谷で一緒に食事をした後、寄ったのだ。ここのところ式の準備のために会うことが多かったふたりにとって、久しぶりのデートらしいデートだった。

ベッドに入った。卓之とこうしていると、波に漂っているような心地よさを感じる。彼の仕草や身体に大きな発見はなくても、早映は激しさの代わりに安心という快楽を得ることができる。卓之の息づかいも指づかいも、早映を戸惑わせることはない。このセックスに足りない何かを考えるのは、愚かなことだと早映は思う。卓之が早映を喜ばせようとしている行為そのものが、最高のエクスタシーに繋がっている。私たちは結婚をする。未来を共有する。そんな私たちにとって、これ以上大切なことなど他に何があるだろう。

ふたりはベッドの上で、触れ合った部分がまだ熱い余韻を残している身体を投げ出していた。

その時、電話が鳴りだした。早映はパジャマの上着を羽織り、薄明かりの中でチェストの上の受話器を取り上げた。

「はい、君島です」

「私、優子だけど」

「え」

「申し訳ないけど、そこに卓之いるかしら？」

「あ、はい、います」

「ああ、よかった。実はね、たまたま早映さんのマンションの近くで知り合いと飲んでるの。何だかすっかり酔っ払っちゃってね、卓之に送ってもらおうと思って」

早映が振り返ると、卓之は自分の顔に指を向けた。

「俺？」

「優子さん」

受話器の向こうで、優子の声と雑踏の慌ただしさが入り混じっている。

「今、卓之さんと代わります」

早映は受話器を差し出した。

「すぐ近くにいるんですって。ずいぶん酔ってるみたい」

「しょうがないなあ」

卓之がトランクスをはいて近づいて来る。入れ替わりに早映はベッドに戻った。

卓之はうんざりしたように優子の電話に頷いた。

「わかった、わかった、じゃあ一時間後だ。駅のロータリーの所で待ってろよ。当たり前だろう。せっかくのところを邪魔されたんだ、ムカついてるさ。じゃあな」

ちょっと乱暴に言い、卓之は電話を切ると、申し訳なさそうに戻って来た。

「ごめん、行ってやらなきゃ」

「いいの、もう少ししたら、あなたも帰らなきゃならなかったんだもの、気にしないで」

「ねえさんときたら、結婚しても独身の時と全然変わらないんだから。あんな嫁さんもらって、橋本、後悔してるんじゃないかな」

卓之が服を着ながら、あきれたように言っている。

「そういう所帯臭くならないところを好きになったのかもしれないわ」

「あいつが、そこまでお人好しだとは思えないけどね」

卓之が帰ってゆくと、早映はシャワーを浴びた。それから少しビールを飲んだ。十一時少し前。テレビを観る気にもなれず、眠る気にもなれず、ベッドを背もたれにぼんやりした。ゆっくりと酔いが身体を包んで行く。

ふと、ドレッサーに目が行った。引き出しにあの指輪がしまってある。立ち上がって、早映は引き出しを開けた。中にあるハンカチの包みを開くと、赤く燃えるアレキサンドライトが現われた。指輪がやはりここにあったことが、何かとても不思議な気がした。

それにしても、何て煽情《せんじょう》的な色をしているのだろう。人をじっとさせてはおかない強い力のようなものを感じさせる赤。

早映の身体に雫《しずく》が落ち始める。満ち足りなかった欲望の塊が溶け出して、細胞の間から滲《し》み出して来る。

はめてみようかと考えた。麻紗子と同じように右の人差し指に。早映は指輪を手にして、指先まで持って行った。けれど、はめられなかった。怖いと感じた。何が怖いのかはよくわからない。ただ怖かった。

やはり返そう。自分が持っていても何の役にも立たない。自分にはあまりにも不似合いな指輪だ。もっとふさわしい誰かにあげてもらった方がいい。

早映は指輪を再びハンカチに包んだ。そして前よりいっそう引き出しの奥へとしまい込んだ。

藤沢渡がいつポワゾンにいるかは、わからない。けれど会った時は、たいてい十二時を過ぎていた。

翌週の土曜日、早映は卓之の家から戻って来ると、改めて化粧をした。そうして婚約者の家を訪問するための洋服から、夜の六本木に似合う洋服に着替えた。バッグの中にあの指輪がハンカチに包まれたまま入れてある。

別に遊びに行くのではない、指輪を返しにゆくだけだ、という言い訳を自分にしながらも、どこか浮き立つ気持ちを抑えることができなかった。

ふと左手薬指に光るエンゲージリングに気がつき、少し迷って、抜き取った。最近では、はめていることが当たり前になっていた。はずした瞬間、どこか身体が軽くなったような気がした。

ポワゾンのドアを開けても、そこは何も変わってはいなかった。

いつものように酒と煙草と夜の匂いに溢れていた。麻紗子が死んでしまったことなど、誰もが忘れている。いいや、ここは過去が存在しない場所なのだ。そして、たぶん未来も。今を過ごすためだけの時間がある。

都築がかすかに笑顔を向けた。

「いらっしゃい」

まるで早映が来るのを知っていたかのようだった。早映は店の中を見回したが、藤沢渡の姿はない。

「何にしようか」

「水割りをください」

いつもどおりの都築の様子が、早映をほっとさせる。

「藤沢さんだけど、今夜、来るかな」

「来るかもしれないし、来ないかもしれない。渡に何か用でも?」

「指輪を返そうと思って。やっぱり私が持っていてもしょうがないから」

都築がグラスを差し出した。

「どうしてしょうがないんだい？」

「何の役にも立たないわ。だいいち、似合わないもの」

「そうかな、僕はとても似合うと思うけど。ちょっとはめてごらんよ」

「でも……」

早映は躊躇《ちゅうちょ》した。

「持ってるんだろう、さあ」

都築の言葉に促されるように、早映はバッグのハンカチの包みを手にし、その中から指輪を取り出した。

それは部屋で見た時よりも、もっと濃く深く赤を放っていた。早映は指輪を指先にまで持って行った。麻紗子の顔が浮かんだ。美しく奔放で、脆《もろ》くて繊細で、そして哀しい。麻紗子と過ごしたほんの短い時間を思った。あの時、麻紗子は確かに生きていた。身体全部で生きていた。

早映は指輪をカウンターの上に置いた。

「どうした？」

「本当言うと、私、怖いの」

「怖い？」

「この指輪をはめたら、自分が自分でなくなりそうな気がするの。私は麻紗子のことを軽蔑しようとした。けれど彼女が言ったとおり、そうすることで自分をごまかそうとしてたんだと思う。本当は羨んでた。悔しいけれど、そのことを認めるわ。私も麻紗子のような生き方がしてみたいと思ってた。でも、所詮《しょせん》そんな生き方、私にできるはずがないもの」

「別に、麻紗子ちゃんの生き方を真似ることなんかないさ。彼女は彼女だし、君は君だ」

「ええ、そう。本当にそう」

「君は、君にふさわしい、君に似合いの生き方がある」

早映は改めて顔を上げた。

「私の生き方って何？」

「それは僕にはわからない。君のものだからね」

「時々、頭の中で想像することがあるの。もうひとりの自分ってものを。私とは正反対の生き方をしてるの。ただの夢物語よ。それだけ。だって、そんなふうに生きられるわけがないもの」

「どうして？」

「そんなことで大切なものを失ってしまいたくないから」

都築はしばらく腕を組み、瞳を宙に泳がした。

「君にとって、その大切なものって何だい？」

早映は薄く水滴がついたグラスを見つめながら考えた。

大切なもの。それはつまり、安定した将来だ。人並みの生活だ。世間とかモラルの枠の中で、誰かに守られながら生きることだ。

そして、思った。

何てつまらないのだろう。

「難しく考えることはないんだよ。単純なことさ。君はただ自由にすればいいんだよ。思うがままに振る舞えばいいんだ。少なくとも、この店ではそうすればいい。さっき、君は怖いと言ったね。違うよ、怖いことなんか何もない。その指輪は鍵だ、君の心を開こうとしているだけだ。開けて、自分が何を望んでるのか向き合ってみればいいんだよ」

「私の望んでいるもの？」

「指輪はいつでもはずせるよ。君は誰にもその選択を強要されることはない。君が誰にも強要できないのと同じさ。どうして自由に生きることに、そんなに罪を感じる必要があるんだい？」

「それは、きっと私が臆病《おくびょう》だから」

「そうかもしれないな。自由に生きるというのは、ある意味でとても勇気のいることだからね。だったらこのまま家に帰るといいよ。麻紗子ちゃんのことも指輪のこともみんな忘れて、手にしている大切なものだけ抱えて生きてゆけばいい」

早映は顔を上げた。突き放されたような気分になった。

都築はそんな早映の気持ちにすぐに気づいたらしい。

「皮肉で言ってるわけじゃないんだ。正直そう思ってる。つまり、それを選ぶのも君の自由なんだ」

都築がカウンターの上の指輪に手を伸ばした。

「指輪は僕から渡に返しておこう」

「待って」

早映はそれを制した。

「私……」

「ああ」

「私は麻紗子にはなれないけれど、私の中に、確かに麻紗子がいるの。本当はそれ、最初から知ってたの。ただ認めたくなかった。だって麻紗子の思惑どおりのような気がしたから。でも私、今なら認められる」

今までの自分と違う女になってみたい。いろんな男と知り合いたい。駆け引きとスリルと機知に富んだ、ただ楽しむためだけの会話をしたい。恋愛とか、結婚とか、そういったものに引き摺《ず》られることなく、女としてだけの目を持ち、相手を気に入ったら惑わされることなくベッドに入ってみたい。約束のない欲望としてのセックスをしてみたい。本当の快楽とは何なのか求めてみたい。

早映はゆっくりと都築を見た。

「私、これからもここに来ていいですか？　この指輪をはめて、自由に気儘に」

「ポワゾンはそのためにある店だよ」

早映は手にした指輪を指にはめた。

麻紗子と同じ右の人差し指だ。それはぴたりと納まった。

指輪をした手をライトにかざす。濡れたように輝く赤に、早映は長い時間見惚《みと》れていた。

早映のドレッサーの引き出しの中には、ふたつの指輪ケースが並ぶようになった。ひとつはエンゲージリングのダイヤが収めてあり、もうひとつはアレキサンドライトが入っている。アレキサンドライトのために、早映は深紅のビロードのケースを買った。

卓之と会ったり、彼の家を訪問する時、会社に行く時、早映は左手の薬指にダイヤをはめる。すると結婚が決まったばかりの幸福な女性になる。それは決して演技ではなく、早映は心から幸福を感じている。

そして週に一度か二度、ポワゾンに出掛ける。もちろんアレキサンドライトは忘れない。化粧も服も指輪にふさわしいものを選ぶ。日中は眠ったように深い緑色をしているアレキサンドライトは、早映が指にはめる時、いつも目覚めて深紅に輝き始める。

早映はポワゾンのカウンターに座ると、隣り合った男たちや、男だけでなく女たちとも、臆することなくたくさんのお喋りをする。客たちはみなこの店の常連で、ルールをわきまえている大人ばかりだ。時々気後れしそうになると、早映は指輪に触れる。すると自分がどう振る舞えばよいのかわかってくる。そして笑ったり囁《ささや》いたり、時にはきわどい言葉の応戦をする。そうやって二、三時間過ごし、早映はマンションへ帰ってゆく。

ベッドの誘いもないことはなかったが、今はその気になれなかった。それに、何もそのためだけに店に行っているわけでもなかった。それは決してモラルの問題ではなく、つまりその選択も早映には自由なのだ。

ケインと再び会ったのもそんな夜だった。

「早映じゃないか、久しぶりだね」

ケインはあの時の気まずさなど、かけらも感じさせない親愛の笑みを浮かべた。

「ほんとうに。でも私、きっとまた会えると思ってた」

「よかったら、一緒に飲もうよ」

「ええ」

で、ふたりはボックス席に腰を落ち着かせた。飲み物が運ばれ、そのグラスを口に運ぶま
ケインは早映をずっと見つめていた。

「私、何か変？　鼻がふたつとか目がみっつとかついてる？」

「ああ、ごめん。ちょっと驚いたものだから」

「どうして？」

「前に会った時とずいぶん感じが違ってる」

「それは誉め言葉と受け取っていいの？」

「もちろん」

早映は笑顔を浮かべた。ドギマギしたり照れたりするような、子供じみた反応をする
ことはなかった。そんな自分に落ち着いた。

「麻紗子のことは、驚いたよ」

ケインの表情に翳《かげ》りが浮かんだ。

「ええ、私も。でも、できたらその話はしたくないの」

「そうか、そうだね」

ケインはすぐに理解したようだった。麻紗子のことをここで懐かしがっても、本当の
意味で彼女を悼《いた》むことにはならないだろう。ただ黙って、何事もなかったように振る舞
いながら、お互いの胸の中で痛みを感じているのが似合いの死なのだ。

「この間は確か、シンガポールの話をしたね」

ケインは素早く話題を変えた。

「そう、監獄みたいな宝石店の話」

「早映は本当の監獄に入ったことがある？」

「残念だけどないわ」

「僕はあるんだ」

「すごい、強盗？　殺人？」

「猥褻物《わいせつぶつ》陳列罪」

「え？」

「まだ美大の学生の頃、道端でかなりきわどいイラストを売って、捕まったことがあるんだ。僕がどれだけ芸術だと叫んでも、警察官には通じなかったよ。おまえは単なるスケベだって言われてさ。腹が立ってしょうがなかったけど、よく考えてみると、その説もなかなか的を射てる。だってその時の僕は、女の子とのホテル代を稼ぐためにイラストを売ってたんだ。動機は確かにスケベだ」

「それってどんなイラストなの？」

「ペニスにリボンをかけたり、ワギナに花を飾ったり、そういうのだよ。でも、評判はすごくよかったんだけどなぁ」

早映は思わず噴き出した。ケインは何て素敵なんだろう。男を魅力的にするのはこんな失敗と、そしてそれを笑い話に変えることができる大らかさを持っていることだ。

それからもケインはさまざまな話をした。彼はユーモアを交えて、自分や友人のことを語ってくれた。早映はすっかり彼の話に聞き入っていた。とても楽しかった。笑い過ぎてマスカラが落ちないかとハラハラした。だからケインにベッドの誘いを受けた時、あまりに自然な成り行きで、迷うことは少しもなかった。

「僕の部屋にする？　それともホテルにしようか」

「ホテルがいいわ。夜景が見えたら最高」

「じゃあ待って、ちょっと電話をして来る」

ケインが席を立ってゆく。カウンターに顔を向けると、見覚えのある背中が見えた。

藤沢渡だ。

早映は少し考え、それから彼へと近づいた。

「こんばんは」

背後から声を掛けた。藤沢が顔を向ける。相変わらず美しくて冷たい表情をしている。

「ああ」

言葉が少ないのもいつものことだ。

「指輪、確かにいただきました」

藤沢が早映の指に目を向ける。そして、いくらか困惑したようなため息をつく。

「そのようだね」

「あなたにどう思われても仕方ないと思ってるわ」

「別にどうも思わないさ。ここではみんな自由だ。何も気にすることないよ。ここで見る君は、ここで忘れる。他人のことは興味がない」

ケインが戻ってきた。彼は藤沢と軽く挨拶を交わすと、早映の肩に腕を回した。

「じゃあ、行こうか」

「ええ」

それから藤沢と都築に告げた。

「おやすみなさい」

「おやすみ」

都築の声だけが返って来た。

ホテルの部屋で、早映はケインと向き合っていた。

バスローブの下は何もつけていない。濡れた髪先から雫が落ち、ふんわりとしたタオルに吸い込まれてゆく。ケインはバスタオルを腰に巻き、上半身は裸だ。胸から肩にかけて盛り上がった筋肉が浮かんでいる。

ケインの片方の手が早映の頬から髪の中へと滑り込む。引き寄せられて、ふたりは長いキスをした。ケインの身体の変化が伝わって来る。ケインは早映のバスローブの紐《ひも》をほどく。そしてキスをしたまま、脱がしてゆく。足元にバスローブが落ちる。ケインもバスタオルをはずしてしまう。ふたりの皮膚がじかに触れ合う。

ベッドに運ばれて、早映はすでに溢れる自分を知った。ケインの指と舌が早映の身体をくまなく探索してゆく。そして早映もケインに少しでもたくさん触れたいと思っている。

「どうしたらいちばん感じるのか、言って欲しい」

とケインが言った時、そんなことを言われるのは初めてで驚いた。けれども、見当違いのセックスで大切な時間を費やすのはふたりにとって無駄なことだ、ということにすぐに気がついた。早映はそれを口にした。そしてその時、このセックスは誰のためでもなく、自分のためであることを改めて知った。早映がこのベッドにいる理由の中に愛も約束も何もない。ただ自分がそうしたいからそうしている。そのシンプルさが早映を解放する。

早映は自分の欲しいもののために、さまざまな努力をした。ケインにたくさんのものを与えて、もっとたくさんのものを奪い取る。

ケインが入って来る。身体の奥が熱く充血する。足の指に力が入る。背中が反る。

そして、男から与えられたその時ではなく、早映自身が作り上げたその時を迎える。

さまざまな男たちとの出会いがそこにあった。

ポワゾンは常連客しか入れず、後で問題が起こるようなことはない。それはとても安心できたが、かと言ってもちろん誰とでも寝るというような感覚を持っているわけではない。

自由だからこそ、感覚を大切にしたかった。そういう気持ちになる自分を、楽しみたかった。もちろん相手も同じで、早映に対して何も感じないということもあるだろう。会話だけ楽しんでも、それはそれで十分に楽しかった。

ケインにしても、その他の誰にしても、ベッドに入ったことのある男とその後に顔を合わせても、互いに親しい友人として振る舞えた。約束ごとが一切介入されないままに、身体の隅まで知り合った相手というのは、それもまた確かに友情の一種ではないかと思うようになっていた。

そして卓之の婚約者である自分の時間も、早映はとても穏やかに過ごしていた。

鷺沼の家へ行っては、卓之の好きな料理を母親から教えてもらったり、家族で共に時間を過ごしたりした。早映は嫁としての役割をきちんとこなしていたし、自分自身も楽しんでいた。

早映はポワゾンで彼らと卓之とを決して較べたりはしない。較べる必要もない。それは意味のないことだ。空の生きものと海の生きものは所詮住む世界が違うのだ。

ウェディングドレスは結局ホテルの貸し衣装に決めた。優子に相談なしに決めてしまったことが少し気掛かりだった。

そういえば、最近、顔を見ていない。

「ねえ、優子さんどうしたのかしら。前はちょくちょく連絡をくれたのに、近頃はぜんぜんなの。おうちのほうにもあまり遊びに来ないのね」

けれども卓之はあまり気にしていないらしい。

「少しは女房らしくなって、自分の生活に目が行ってるってことさ。いい傾向だよ。橋本も安心してるんじゃないかな」

「式場とドレスが決まったこと、伝えておいてね」

「ああ、わかった」

卓之とのセックスに変化は何もない。早映は卓之に今以上を望まない。卓之とのセックスで得られる安心したひと時。結婚にとって、セックスは一部でしかない。その一部にこだわって、大切なものまで台なしにしたくない。

早映は卓之を信頼しているし、夫になる男は彼しかいないと思っている。だからこそ、ポワゾンに出掛けられるのだろう。どちらの自分に正誤をつけるかなど無駄なことだ。両方が自分なのだから。ふたつは対《つい》なのだから。

年下の俳優志願の男の子とは、レインボーブリッジの見える湾岸でカーセックスをした。

狭い車内で行なう秘めごとは、見られるかもしれないという刺激と重なって、早映を激しく興奮させた。彼の締まったお尻に爪を立て「もっと深く」と囁く。窓ガラスがふたりの熱気で曇っている。彼の技巧は正直言って拙《つたな》かったが、整った顔と素直な態度が早映をとても優しい気分にさせた。若い彼は朝が訪れるまで何度もしたがって、くたくたになった。

大学の助教授をしているという四十過ぎの男は、ポワゾンではあんなにお喋りだったのにベッドの上では少年のようにはにかんだ。まるで早映が先生になったように彼をリードした。そのくせ彼の指と舌は早映の身体を隙間なく愛撫する。そして早映も彼以上に彼を愛する。自分が上になって達したのは、これが初めてだった。

一見まじめそうだが、遊び慣れてるサラリーマンとはゲームのようなセックスをした。バスルームがベッドの代わりになった。彼はシャワーやソープを巧みに使った。彼の胸が早映の背中に当たり、そして繋ぎ合う。早映は鏡に映る自分の顔にほほ笑みかける。

帰りぎわ、わざわざベッドを乱している彼を見て思わず噴き出した。

夏が終わろうとしていた。

その夜、早映はカウンターに座っていた。店には早映しかいない。時々、こんなぽっかり空いてしまう時間帯というのがあるらしい。早映は都築と向き合っていた。

「変わったね」

都築が静かに煙草の煙を吐き出して言った。早映はトム・コリンズで唇を湿らす。

「自分でもそう思う。私自身、ついこの間まで自分がこんな女だなんて知らなかった」

「これが君の望んでいたことかい?」

「正直言って、よくわからない。でも楽しい。今はそれを味わっていたいの」

「まあ、好きにすればいいさ」

「こんな私もいるってことを教えてくれたのは、麻紗子と都築さんね」

「僕は何にもしていないよ」

「そう、何もしないの。いつもそうやってカウンターの向こうから見ているだけ。時々、都築さんが監督に見えてしまう。私はこっち側で、知らないうちにうまく演じさせられているみたい」

「疑り深いんだね。みんな君が望んだことだよ」

「ねえ、都築さん。どうして都築さんはこっち側に来ないの？　都築さんを目当てに来る女の子はたくさんいるのに」

ポワゾンに通うようになってから、早映はそんな女性たちを何人も見てきた。

特に最近、デザイナー志望のまだ二十歳《はたち》そこそこのカズミという女の子が都築に熱を上げていた。彼女はいつもカウンターにべったりと張りついている。早映と鉢合わせすると、挑むような目を向けて来る。そのストレートさに早映は怒りよりむしろほほ笑ましさを感じる。都築はそんな彼女を、今吸っている煙草の煙のようにうまくかわしていた。

「まさか女性に興味がないとか？」

「困った質問だな」

「つまり、そういうことなの？」

「教えてあげよう。僕に肉体はもうないんだ」

「え……？」

「何年も前に失ってしまったんだよ。だから君に見えているこの姿は、僕じゃないんだ」

「言っていること、わからない」

客が入って来た。あの年下の俳優志望の男の子だ。今夜はガールフレンドを連れている。早映を見ると親しげな笑顔を向けた。早映もまたそれに応える。彼らは奥のボックスに座った。嫉妬など感じない。都築が彼らのために飲み物を作り始める。

それがきっかけとなって客が立て込み始めた。知っている顔もあったが、早映は軽く挨拶して、カウンターに座っていた。

遊び上手な彼らとのお喋りが楽しいことは知っていたが、今夜、興味は都築にあった。都築はどんなに忙しくてもペースを乱さない。ひとりでやっている店なので、なかなか手が回らないのだが、慌てることなくオーダーされた酒の用意を整えてゆく。

そして常連客たちもせかさない。みんなおとなしく順番を待っている。自分でできることは自分でする。灰皿の交換や酒をカウンターに取りにゆくことなど、誰もが当然と思っている。

都築はこの店の経営者であるが、気を遣っているのは客の方だった。特に男たちがそうだ。彼らは都築をどこかで畏《おそ》れている。決して言葉を荒らげたり暴力的なものを感じさせるわけではないのに、都築はどこか人を威圧する迫力のようなものを持っていた。

早映がカウンターから動こうとしないのを、都築は訝《いぶか》しく思ったようだった。

「どうしたんだい。みんなと楽しくやらないのかい」

都築がグラスを洗いながら言う。

「ここでは私、好きにしていいんでしょう。今夜はこうして都築さんと向かい合っていたいの」

早映はカウンターに肘《ひじ》をつき、顎《あご》を載せた。トム・コリンズの酔いが、ゆったりと身体を回っている。

「けれど僕の客は君だけじゃない。君の相手ばかりはしていられないよ」

「いいの、黙ってここに座ってるだけ。邪魔はしないから」

「それで君が楽しいのなら、そうしてればいいさ」

「勝手にお喋りしてもいい？」

「ああ」

都築は洗い物の手を休めない。白いシャツに水がはじけて、生地がそこだけ透明になる。身体の色がうっすらと浮き出て、思いがけず欲望が刺激される。

「私、最近思うの」

「何を？」

「私がここで好きにしていられるのは、きっと都築さんがいるからだって。いろんな男の人と知り合って、楽しい時間を過ごせるのも、それもみんな後ろに都築さんがいるから。私を見てくれていると思うと、とても安心するの」

「言ったろう、僕は何もしていない。君は自分の思うままに振る舞って、楽しむ相手もみんな自分で選んでる」

「都築さんは選べないの？」

「え？」

「私、都築さんを選びたい」

都築は洗い物の手を休めない。少しぐらい動揺してもよさそうなのに、まるで酒をオーダーされたと同じように受けとめている。

「君が僕を選ぶのは勝手だけど、僕は君を選ばない」

「はっきり言うのね」

「自由に振る舞うということに、思い上がってはいけないよ」

「私が都築さんを欲しがるのは思い上がりなの」

「望めば何でも手に入ると思っていたら、それは思い上がりだよ」

「そんなこと思ってないわ」

「だったら、それでいい」

早映は黙り込んだ。いくらかの失望と屈辱を感じていたが、ここを立ってしまおうとは思わなかった。都築ともっと話がしたかった。自分でもまだ触れたことのない自分の心のうちを、都築は暴いてゆく。

どんな言葉で都築をやり込めようか、それができなくても、どんな言葉を都築から引き出すことができるか、それを考えながら会話するのは、とても刺激的だった。

ドアが開いて藤沢渡が入って来た。顔を合わせるのは久しぶりだ。前に会ったのはいつだったろう。いつにしても、遠い昔のことのように思われた。ポワゾンにいると昨日のことも遠い昔のことのように思える。

藤沢がスツールに腰を下ろした。

「前も、カウンターにいたね」

「そうだったかしら」

早映はトム・コリンズを口にする。

「奥の席に行かないのかい。楽しめる相手がたくさんいるよ」

「今夜は都築さんと話がしたいの」

「なるほど、そういうことか」

「そういうことって、どういうこと？」

「そういうことは、そういうこと」

「藤沢さんって、どうしていつももったいつけた言い方をするの？」

「相手によるよ」

藤沢の言葉には常に皮肉な響きがある。

「もしかして、私と同じなのね」

「どういう意味だい？」

「都築さんが好きなんでしょう」

確信があったわけではない。ただ、藤沢の都築を見る目には、どこか早映と似ているものがあるように感じられた。

藤沢は早映を短く振り返り、呆気《あっけ》なく頷いた。

「ああ、そうだよ」

訊ねた早映のほうが、言葉に詰まった。

「今時、ゲイなんてめずらしくもないだろう」

「そうね。でも、ゲイの人と恋敵《こいがたき》になったことはないわ」

「つまり、君も都築さんに恋をしてるってことだね」

「この気持ちを恋と呼ぶなら」

カウンターの会話が聞こえているはずなのに、都築はそ知らぬふりでカクテルを作っている。

藤沢がその整った顔だちを向ける。輪郭も造りも完璧なほどに美しいが、その瞳には救いがたい冷たさが沈んでいる。

「今になって、なぜ麻紗子が君に指輪を渡してくれと頼んだかわかるような気がするよ」

「どうして?」

「きっと僕に都築さんを取られたくなかったんだ。だから指輪と一緒に自分の思いも託して、君に渡したのさ」

　まさか、が、早映を包んだ。

「麻紗子、都築さんのこと」

「そんな話はしたことがなかったけど、たぶんね」

　早映は指輪を眺めた。赤く輝くアレキサンドライトは炎の色をしていた。何もかも燃やしつくそうとする激しさは、麻紗子そのものだった。けれど今、この指輪は早映のものだ。麻紗子はもういない。早映は指輪に触れた。熱いと思った。

「麻紗子のことはもう関係ない。麻紗子が生きていても、私はきっと都築さんを好きになっていた」

　早映が言うと、藤沢は口元にうっすらと笑みを浮かべた。

「言っておくけど、あの人はいつも違うところを見てるよ」

「それはどこ？」

「僕らの知らないところさ。そして誰も立ち入らせない。傷つきたくなかったら、早いところ手を引くんだね」

「自由に生きることは傷つくことだって、都築さんに言われたことがある」

「君はもうすぐ結婚するんだろう。バレる前に、こんなヤバい遊びはそろそろ終わりにした方がいいんじゃないか」

藤沢の声はいくらか威嚇《いかく》しているようにも聞こえた。確かに卓之とは知り合いだ。こんな話をするのはとても危険なことかもしれない。けれど早映は怖れなかった。

「あなたさえ喋らなければ大丈夫、知られない」

「僕が喋らないという保証はどこにもないよ」

「あるわ。あなたが喋るということは、ルールを破るってことでしょう。そんなことをしたら都築さんはあなたを軽蔑する。そんなのあなたは耐えられないもの。だから喋らない」

藤沢が肩をすくめた。早映はグラスを傾けた。酔いと会話と煙草の煙とが、ベールのように早映を包み込んでゆく。藤沢に少しも負けはしない。言いたいことはみんな言葉にできる。

早映は同じものを都築にオーダーした。都築は何くわぬ顔つきで頷き返す。藤沢との会話はすべて聞こえているはずなのに、相変わらず知らんぷりを決め込んでいる。ポーカーフェイスは都築の身についた癖なのだろうか。

知らずに済めば、知らないまま終わっただろう。結婚し貞淑な妻となること以外に、価値は見つけられなかったし、疑問を持つこともなかった。もしかしたら、それはそれで幸福だったのだろうと思う。

けれど、いつか気づく時が来る。そうなった時、自分はいったいどうしただろう。存在しなかったのではなく、存在に気づかなかっただけの欲望や願望を、結婚という日常生活の中に埋没させることができるだろうか。

おなかがすけば食物が必要であり、眠りたければベッドが必要であり、セックスがしたければ男が必要なのだ。それはとてもわかりやすく、当たり前のことなのに、人はいつも自分の中にあるモラルに振り回される。欲しいものを欲しいと言う、ただ、それだけのことなのに。

ポワゾンを出たのは十二時を少し回っていた。

六本木の街は眠らない。夜を吸収してもっと深く息づいてゆく。夜空を飾る星が街に落ち、頭上にはただ暗黒が広がっている。そこに星が存在することさえ、街は忘れている。

ポワゾンの階段を登ったところで、数人のグループ連れと出くわした。やり過ごそうと立ち止まると、不意に名前を呼ばれた。

「早映さん」

顔を向けて、思わず頬が強張《こわば》った。

優子だった。彼女はグループから抜け出して近づいて来た。

「びっくりした、あなた、本当に早映さんなのね」

優子は早映の姿を観察する。いつもと違う早映の服装や化粧に、優子はひどく驚いているようだった。

「ひとり?」

「ちょっと会社の友達と飲んでたんです」

現実が波のように押し寄せてきた。早映は、優子のよく知っている早映に素早く戻り、愛想よく答えた。

「このお店で?」

優子が階段の下を覗き込んだ。それを背で遮りながら笑顔で言った。

「ちょうど帰ろうと思って」

「そう」

早く話を切り上げたいのだが、慌てているとも思われたくない。

「そういえば、ウェディングドレス、決めたんですってね」

優子が視線を早映の頭から足へと何度も往復させながら、訊ねた。

「そうなんです。勝手に決めてすみません。せっかく紹介していただいたのに」

「ううん、いいのよ。早映さんが着るドレスだもの。自分で決めるのがいちばんなんだから」

いつになったら、優子は行ってくれるのだろう。そんなことを思っていると、タイミングよく、仲間たちが優子を呼んだ。

優子が振り向きそれに応えた。

「じゃあ行くわ」

「おやすみなさい」

「おやすみ」

優子に頭を下げて、早映は立ったまま見送った。

正直なところ、動揺していた。こんなところで、こんな姿の早映を見て、優子は何と思っただろう。ひとりでいたのがせめてもの救いだった。もっと気をつけなければと思う。変に勘繰られて、卓之の耳にでも入れられたら面倒なことになる。今の生活を壊したくない。どちらが崩れても、早映にとっては痛手だ。身勝手と言われようと、今はこのふたつの生活を失いたくない。ふたつはひとつだ。光と影があるように、裏と表があるように、ひとつは必ずもうひとつを抱えているのだから。

翌日、早映は卓之に電話を入れた。

「ゆうべ、六本木で優子さんと会ったの」

彼女の口からより、早映から直接聞く方が、卓之としても気分がいいに違いないと思った。

だが、卓之はすでに知っていた。

「ああ、そうだってね」

時間が遅いからと、早映でさえ遠慮した電話なのに、優子はかけたということだ。

「遊ぶなとは言わないけど、あんまり夜遅くならないようにね」

やはり卓之は少し不機嫌そうだった。

「ごめんなさい、学生の時のお友達とつい話が弾んじゃったの」

「あれ、会社の人とじゃなかったのかい?」

「え?」

「ねえさんはそう言ってたけど」

少し慌てた。

「ううん、学生時代の友達よ。優子さん、聞き間違えたのね。結婚のお祝いを兼ねてみんなが集まってくれたの」

「そうか」

やはりどことなく卓之はこだわっているように感じた。このままにしておくと、ちょっとしこりになるかもしれない。

「ねえ、今夜うちに来ない? 新婚旅行の相談もしたいの。ツアーのパンフレットをいくつか貰って来てあるんだけど、都合つかない?」

「今日は残業になりそうなんだ」

「少しぐらい遅くなっても平気よ。待ってる」

「九時を過ぎるけど」

「じゃあ、簡単な食事の用意をしておくわね」

取り繕《つくろ》うことに、プライドが傷つくなんて感じる必要はない。それはバランスを保つためのひとつの方法のようなものだ。

卓之を大切に思っている。だから、今夜、卓之のためにキッチンに立とう。花も飾ろう。シーツも取り替えよう。そしてセックスをしよう。卓之が喜んでくれたら早映も嬉しい。そして将来を語ろう。たくさんの約束をしよう。


気がつくと、早映はいつも都築を見ていた。

たとえ背を向けていても、全身で都築を見ていた。都築という存在がいつ意識の中に入り込んでいたのかわからない。出会った時からのような気もするし、つい今しがたのような気もする。

早映はひとりでカウンターに座ることが多くなっていた。誰かに誘いの言葉をかけられてもつい首を横に振ってしまう。

金曜の夜、早映はかなり遅い時間にポワゾンに入った。

それは始めから計算した上でのことだった。明日は会社が休みで時間を気にすることはない。卓之との約束は夜の七時だからそれにも支障はない。

閉店が三時のポワゾンは二時を過ぎた頃から客が減り始める。長居好きの客がいたら少し延びるが、たいていは時間きっちりに終わる。後片付けに三十分。都築がドアに鍵をかけて出て来るのは三時半頃だろう。

早映は三時ぎりぎりに店を出て、通りを挟んだ向かい側にある二十四時間営業のコーヒーショップに入った。窓際に座れば、ポワゾンの階段が見える。都築が出て来るのを確かめるには都合のいい場所だった。

早映はコーヒーのカップを手で包み込み、深く息を吐き出した。こんなところで、こうしている自分にうまく理由がつけられなかった。とても野暮な気もしたし、健気《けなげ》にも思えた。都築はどう思うだろう。けれどもそれを考えるより、今は都築を求めている自分の気持ちだけを感じていようと思った。

藤沢や麻紗子でさえ手に入れることができなかった都築。どこかで対抗意識のようなものがあるのかもしれない。以前の早映なら、張り合う気持ちを持つことさえおこがましいと感じただろう。始めから勝負にならない。あのふたりが手に入れられないものを、自分がどうこうできるわけがない。そう思うことで、諦《あきら》めることも納得することもできた。

けれど早映は知った。欲しいものを欲しいと自覚すること。そうして、傷つくことさえ覚悟すれば、こんなにも自由でいられるということ。

三時半を少し過ぎて都築が現われた。

早映は席を立ち外に出た。深夜の風は思いがけず冷たく、早映は自分が今からしようとしていることにふと不安を抱いた。それでも足は止まらない。都築を追って真夜中の六本木を進んで行った。

都築の部屋がどこにあるかは知らないが、いつも徒歩で店に出ていることは知っていた。

いつだったか雨の夜、濡れた髪をどうしたのかと訊ねると「家から歩ける距離だとタカをくくって出たら、びしょぬれになってしまった」と笑っていた。

都築はいくらか前屈《まえかが》みの姿勢で防衛庁の前を通り過ぎ、青山の方へと進んで行った。白タクの客引きが時々声をかけて来る。若い子たちが地面に座って話し込んでいる。早映は都築と十五メートルほどの距離を保ってついてゆく。都築の足どりは酔っているわりには早く、息が切れた。

やがて静かな通りに出て、都築は道を右に折れた。早映は小走りに後を追った。角を曲がると、いきなり都築が立っていた。

「何の真似だい？」

暗くて都築の顔がよく見えない。けれど声には硬いものが含まれている。ごまかしはきかない。早映は正直に答えた。

「後をつけて来たの」

「わかってる。何のためにと聞いているんだ」

「後をつけたかったから」

都築は一瞬言葉をなくし、それからやれやれといった具合に肩から力を抜いた。

「表通りに出て、タクシーを止めよう」

そう言って、都築は早映の横を通り過ぎた。

「私、帰らないから」

早映は立ち尽くしたまま答えた。

「僕を怒らすつもりかい？」

「自分の思いのままに振る舞うことを教えてくれたのは都築さんよ」

「望めば何でも手に入ると思っているなら、それは思い上がりだとも言ったはずだ」

振り向く都築と目が合った。

「わかってる。すべて受け入れられるなんて思い上がってないわ。今の私、すごく怯えてる。でも、抑えられなかったの」

「僕に何かを期待しているなら、それは無駄なことだ」

「期待なんてしてないわ。ただ、知りたいだけ」

「何を知りたいんだ」

「都築さんという人のこと」

「迷惑だね。タクシーに乗らないんだったら、僕は帰る」

「私は帰らないわ。この道にずっと立ってる」

「それは君の自由だ、好きにするといいさ」

都築が歩き始めた。

その背中に早映は夢中で言葉を投げた。

「こんな真夜中、女性をひとり残して帰ったら、都築さんきっと気掛かりで眠れないわ。救急車やパトカーが走るたびにドキッとする。それくらいなら、部屋に招いてちょっとコーヒーをご馳走するくらい何でもないんじゃないかしら」

都築は足を止め、しばらく間をおいてから振り返った。

「コーヒーだけだね」

根負けしたという表情だった。

「ええ」

「ミルクはないよ」

「私、ブラックが好きだから」

「それを飲んだら素直にタクシーに乗る。それでいいね」

「はい」

早映は子供のように頷いた。

都築の部屋はそこから歩いて五分ほどの古いビルにあった。マンションではなく、あくまでビルだ。ほとんどの部屋は事務所として使われているらしく、都築のように住居にしている人間はいないようだった。

玄関を入り、エレベーターに乗り、廊下を伝って、ドアを開ける。灯りをつけると、見事なほどに殺風景な部屋が広がった。

「本当にここに住んでいるの」

「ああ、そうだ。そこに座って。約束のコーヒーをいれよう」

促されて、早映はソファに腰を下ろした。都築はキッチンらしき場所に立ち、コーヒーの用意をした。キッチンは一畳の広さもなく、会社なら給湯室として使うような簡単なものだ。小型の冷蔵庫がひとつ。二十畳ばかりある部屋の真ん中には、今、早映が座っている三人掛けのソファとテーブル。入口の右隣のドアが洗面所らしい。

窓の近くに本棚が仕切るような形で置いてあった。その向こうにベッドがあるようだ。その他にインテリアと呼べるようなものは見当たらない。テレビもオーディオもない。

やがてコーヒーの香りが漂って来た。都築がマグカップを手にして戻って来た。

「ありがとう」

早映は都築が差し出すカップを受け取り、口に含んだ。暖かさが身に沁みた。

三人掛けのソファの右端に都築が座った。左端に座る早映との間にある一人分の空間は、手を伸ばせば届くほどなのに、果てしない距離のように思われた。

「こんなに何もない部屋って初めて。これで暮らせるの？」

「十分にね」

「食事はどうしてるの？」

「ほとんど外で済ませてる」

「掃除は？」

「週に二度、おばさんに頼んでる」

「おばさんって？」

「派遣会社があるんだ」

「洗濯も？」

「ああ」

「この部屋に入った女性は私で何人目？」

「コーヒーが冷めてしまうよ」

都築は早映の詮索《せんさく》をとどめた。早映は仕方なくカップを口に運んだが、ほんの少し含んだけだった。飲み干してしまったら、有無を言わさずこの部屋から追い出されることはわかっていた。

早映はソファを立ち、本棚へと近づいた。

「難しいのばかり並んでるのね。『白痴』『存在の探究』『自立の思想的拠点』『共同幻想論』『鮎川信夫《あゆかわのぶお》詩集』『アデン・アラビア』『政治と犯罪』……」

まるで詩を朗読するようにタイトルを読み上げてゆく。そして端まで読み上げて、ベッドを覗き込んだ。シンプルなダブルベッドだ。けれども、早映には十分に刺激的だった。都築のプライベートがここにある。このベッドの上で都築はどんな表情をするのだろう。

「僕に興味を持つのは勝手だが、応えるものは何もないよ」

まるで見透かしたように都築が言った。

「どうしてそんなこと言うの？」

早映は少し気持ちが逆撫《さかな》でされていた。

「私のこと、そんなに嫌い？」

都築が首を振る。

「いいや、好きだよ」

「なら、どうして？」

「前にも言ったはずだ、僕に肉体はないって」

「聞いたわ。でもそれはどういう意味？　ずっとわからなかった」

「簡単なことさ、僕はセックスできない。つまり不能ってことだよ」

あっさりと都築は言った。

「え……」

ソファに座る都築の横顔は冷静だった。その様子を見たとたん、早映はひどく腹が立った。

「それで私を気遣ってるつもりなの。だったらもっとましな理由を考えて。そんな子供騙《だま》しのセリフを使われるぐらいなら、おまえとなんかやりたくないって言われた方がずっとすっきりする」

早映はわざとはすっぱな言い方をした。都築がテーブルにカップを置いた。都築の周りの空気がゆっくりと動き始めた。

「僕はいわゆる全共闘世代の人間なんだ。学生生活のほとんどを、その活動だけで過ごしてきた」

都築が話し始める。

一瞬面食らったが、もちろん聞くことに不満はなかった。

早映はゆっくりとソファに腰を下ろした。

「あの頃、僕はいつも怒りに震えていた。その怒りのためなら何でもできた。死ぬことなんか少しも怖くなかった。いいや、自分が死ぬなんて想像もつかなかった。だからいつも先頭に立って戦った。ヘルメットをかぶり、タオルを巻いて、手には角材を持ってね。新宿騒乱って知ってるかい？」

早映は黙って首を横に振る。

「あれは、いちばん激しい戦いだった。千五百人もの学生が新宿に集合したんだ。凄《すさ》まじかったよ。僕のように死を想像できない二十歳そこそこの学生たちが千五百人だからね。僕は駅を出てすぐのところで機動隊と乱闘になった。角材で殴り付けながら、ひとりの機動隊員のヘルメットを剥《は》ぎ取った。驚いたよ。僕より年下なんだ。まだ高校を出たばかりという感じだった。思わず怯《ひる》んだ時、背後からやられた。脊髄《せきずい》をやられたな、と思ったら、もう身体が動かなくなっていた。それから何人もに蹴られたり殴られたりした。でももう痛みは感じなかった。しばらくして救急車で運ばれたらしい。けれど僕にはまったく記憶がない。その時から二年間、僕は意識不明になった」

早映の身体中の神経が耳に集中している。

「そのまま植物状態になってしまう可能性も高かったそうだ。目が覚めた時、医者から奇跡だと言われたよ。それから一年かけてリハビリをした。まず指先を動かすことから始めたんだ。人差し指一本をどうやって動かすか、それを思い出すのに一ヵ月かかった。

けれどやっぱり若かったからね、回復力も相当なものだったんだろう。そのリハビリの成果で、身体はほとんど元に戻った。日常生活にも支障はなくなった。けれども、どうしても戻らないところがあった。それがセックスだ。今、僕の股についてるのは、ただの棒きれさ」

都築はそこで短く息を吐き出した。

「病院を出て、社会に戻った時、その変わりように愕然《がくぜん》としたよ。戦った仲間たちは、死んでいるか、怒りを向けていた企業のサラリーマンになっていた。死ななくてよかったと、みんなに祝ってもらったが、嬉しいのかどうかよくわからなかった。隔離された世界にいた時間はやはり大きかった。その後、どう生きればいいのかわからなかった。結局、その失った時間を取り戻すために、後の人生をみんな費やしているような気がするよ」

そして都築は口を噤《つぐ》んだ。

早映は自分をひどく恥じていた。

「ごめんなさい、私、都築さんにそんなこと話させるつもりじゃなかったの」

「僕が話したかっただけさ、君が気にすることはない」

「自分がこんなに無神経な人間だったなんて、うんざりしてる」

「僕は肉体を失ってから、男とか女とか性による区別というものがなくなった。もちろん悩んだ時期もあったが、意外と早くに受け入れられた。セックスが存在しないと、僕にとって男も女も人間というひとつの生きものでしかないんだ。それはとても寂しいことかもしれないけれど、ある種、さっぱりとした気分でもあるんだ」

「性なんて、なければいいと私も思ったことがある。そんなものがなければ、もっと自由に生きられるかもしれないって」

「そうだね。性を持つということは、もしかしたら、性を失うことと同じだけ哀しいことなのかもしれないね」

早映の手の中には、もうすっかり冷え切ったカップがあった。半分残ったコーヒーが、天井の灯りを滲ませていた。早映はそれを飲み干した。

「ああ、夜が明けて来た」

都築が顔を向ける。ガラス窓の向こうには、街のシルエットが淡いパステル画のように広がっていた。

「もう、コーヒーは飲み終えたね」

「はい」

「じゃあ送ろう」

「いいえ、ひとりで帰れます」

「そうか」

　早映はテーブルの上にカップを置いた。

　ドアへと向かう早映を、都築が立って見送りに来た。

「都築さん」

「ああ」

「私、あなたとキスしたい」

　早映はドアの前で都築を見上げた。間近で見る都築の目は暗い色をしていた。

　都築は黙ったまま、早映を見下ろしている。

「都築さんは何もしなくていい、私がするから。私にキスさせて」

　早映は両手で都築の頬を包んだ。思いがけず暖かく柔らかい感触は、拒否を感じなかった。早映は背伸びをし、都築の唇に自分の唇を押し当てた。

　都築の吐息、都築の匂い。都築の腕が静かに早映の腰に回る。何て乾いたキスだろう。何て哀しいキスだろう。けれども同時に、早映はこんなにも官能的なキスをしたのは初めてのような気がした。セックスをしたくなるキスではなくて、セックスが必要でなくなるキスだ。

　唇を離し、早映は都築の肩に顔を埋めた。

「今、わかったような気がする。ほんの少しだけれど」

「何がわかったんだい？」

「ポワゾンの私も、やっぱり私じゃないってこと。あるがままに生きるってことは、それを意識した時から、もうあるがままではないのかもしれないってこと」

「そうか」

明け方の蒼《あお》く透明な光を浴びながら、早映は歩いていた。

東京の空気がいちばん綺麗な時間だった。喧騒もなく、誰も見えない。地球にただひとり残されたような危うい気持ちにさせられた。

早映はただ歩いた。

4　光と影

結婚式は来月に迫っていた。

夥《おびただ》しい光の中で過ごしたいくつもの夜を、早映は心の奥に自らの手で埋めた。

卓之に対する罪悪感は正直言って、ない。悔いもない。ポワゾンで過ごした時間は、隠されていた自分を知るために必要な時間だったのだと思える。

そんなふうに思えるのは、きっと都築と交わしたあのキスのせいだ。セックスが与える快楽を、虚しく感じさせてしまうようなキスだった。たぶん、あんなキスはもう誰ともできない。そしてあのキスで感じさせてくれたものを、他の誰とのセックスでも感じることはできないに違いない。

今、早映は式のための雑事に追われながらも、柔らかな土の上を素足で歩くような心地よさを感じていた。

新居となる社宅は千葉の浦安となった。実家に近い場所にもうひとつ候補があったのだが、卓之がこちらに決めようと言った。もちろん早映に異存はなかった。卓之の両親はとてもよい人たちだが、嫁姑は離れて暮らすにこしたことはない。

引っ越しは式の一週間前。間取りに合わせてカーテンやカーペットを選んだ。他にも、パスポートを旅行会社に持って行ったり、ホテルのサービスとなるブライダルエステに通ったりした。

未知の生活を前にして、不安がないとは言い切れない。けれども安心の方が勝《まさ》っていた。卓之との結婚に支障は何もない。祝福だけがそこにある。時々やってしまう卓之との小さな喧嘩や、仲直り、それを繰り返すたび、早映は結婚というものをますます実感した。

今夜、早映は卓之の家に来ていた。台所で卓之の母と共に夕食の用意をしていると、優子が顔を覗かせた。

「久しぶりね、早映さん」

早映が振り向く。

「ほんとうに。こんばんは」

心なしか優子は少し痩せたように見える。でも表情は華やぎ、美しさが増していた。

卓之の母が煮物を器に盛り付けながら言った。

「優子、悪阻《つわり》は大丈夫？」

「今日は調子いいみたい」

早映は思わず訊ねた。

「優子さんおめでたなんですか？」

「ふふ、実はそうなの」

にこやかに優子が答えた。綺麗になった原因はそれだったのだ。

「おめでとうございます。予定日は？」

「来年の初夏よ」

そう言って笑う優子の顔は、どこか誇らしげにさえ見えた。

「優子、今夜はこっちで食べていけば。橋本君も呼んであげたらいいわ」

優子が肩をすくめた。

「実は最初からそのつもりだったの、ああ、助かった。彼に電話して来るわね」

そう言って、優子は台所を出て行った。

「本当に、いい年をして、あれでちゃんと母親になれるのかしら」

卓之の母がため息混じりに呟いている。

一時期、早映は優子が卓之との結婚に関わりを持ちすぎるのではないかと思っていた。時には、嫉妬のようなものを感じることもあった。けれども、こうなってみると自分の思い過ごしに笑ってしまう。妊娠して、優子は本当に幸福そうだった。

それからしばらくして、早映のもとに藤沢から招待状が届いた。麻紗子の追悼公演をやるというものだった。その後に、簡単なパーティも開くと書いてある。

少し迷ったが、出席の返事を出した。

やり残したことがひとつある。

あの指輪だ。早映はアレキサンドライトを手にした。今は深い緑色をしていて、まるで眠っているように見える。今度こそこの指輪は藤沢に返そう。もう自分には必要ない。本当に欲しいと望む人の元へゆくのがふさわしい。もともと、そういう運命にある指輪だと麻紗子も言っていた。

追悼公演の日、早映は久しぶりにアレキサンドライトの指輪をはめた。洋服もこの日のために新調した。自分にというより、指輪に似合う服を選んだ。二度と着ることはないかもしれないが、そんな無駄遣いを麻紗子とこの指輪のためにしたかった。

舞台で、藤沢はソロで踊った。肉体は彼そのものだった。心より正直に彼の思いを現わしている。麻紗子というパートナーを失った哀しみの叫びが聞こえて来そうだった。公演は素晴らしいものだった。そこに麻紗子の姿はなくても、誰もがその存在を感じていた。

公演の後、ロビーがパーティ会場になった。入場者の半分近くが招待客として残っていた。

中央の机の上に、麻紗子が愛用していたダンスシューズが置いてある。それが形見であり位牌《いはい》でもあった。主人を失ったシューズは所在なげに、けれどどこかホッとしたようにも佇《たたず》んでいた。

ごった返す人の中に早映は藤沢の姿を認め、近づこうとして、思わず足を止めた。

藤沢の隣には優子の夫の橋本がいた。

彼らは大学時代の友人なのだから当然そういうこともあるだろう。けれども早映としては、あまり顔を合わせたくない。早映がここにいることを、いろいろと詮索《せんさく》されるのは避けたかった。

そう思って、目立たないロビーの隅に立ち、しばらく様子を見ることにした。ふたりの話はなかなか終わりそうになく、少し、苛々《いらいら》した。

早映のそばには、まだ若いダンサーの男の子たちがいる。彼らはもっぱら隅の方で自分たちの雑談に花を咲かせている。

「あの藤沢さんと一緒にいる奴、誰？」

ひとりが言った。

「ああ、あの人、藤沢さんの恋人だよ」

恋人？

早映は思わず聞き耳を立てた。

藤沢の隣にいるのは橋本ひとりだ。

「大学生の時かららしいよ、あのふたり」

「へえ、長く続いてるんだ」

男の子たちは、当たり前のように話している。

「相手は銀行員で、最近結婚したって聞いたけど、まあ偽装だろうな。こういう世界と違って、サラリーマンやってると、独身っていうのはいろいろ面倒だろうから」

「バイセクシャルかもしれないだろ」

「どうだろう、真性じゃなきゃ、藤沢さんだったら許さないんじゃないかな」

「けれど、それじゃ結婚生活が成り立たないだろう。そりゃあ女房がレズだったらお互い様かもしれないけどさ」

男の子たちはそう言って笑い合った。

最初、何のことだかわからなかった。藤沢がゲイであることは知っているが、恋人というのは知らない誰かのことを言っているのだと思った。けれど、どう見ても藤沢の隣にいるのは橋本しかいない。そして話題に上っているのも橋本としか思えない。

早映はふたりがもっとよく見えるように壁に沿って近づいた。人波が少し途切れる。

ふたりの位置が微妙に変わる。上半身しか見えなかったのが、全身が見えるようになる。その瞬間、橋本が藤沢の手をしっかりと握りしめているのが目に入った。

早映は目を閉じ、もう一度開けた。同じだった。

見なければよかった。臍《ほぞ》を噬《か》むような気持ちだった。それはどこか悪い予感に似ていた。

このまま帰った方がいい。

そう思って背を向けた時、声をかけられた。

「来てくれたんだ」

藤沢の声だった。

早映は覚悟を決めて、ゆっくりと振り返った。

橋本はすでに握っていた手をほどき、いつも早映に見せるのと同じ笑顔を浮かべている。けれど、それはぎこちなさに歪《ゆが》んで見えた。

早映はふたりの前に立ったが、何を言っていいのかわからない。パーティのざわめきの中で、困惑が重く三人の前に横たわった。

「こんなところで会うなんてびっくりした」

いくらか落ち着いたのか、橋本が先に言葉を発した。

「私、死んだ麻紗子さんと知り合いだったの」

「そう、彼女とか」

それから橋本は藤沢を振り返った。

「じゃあ、帰るよ。また、公演がある時は知らせてくれ」

「ああ」

橋本は最後に礼儀正しく挨拶をした。

「俺はこれで失礼します」

その姿が出口のドアの向こうに消える直前、早映はその後を追っていた。

「待ってください」

「何か？」

橋本が、怪訝《けげん》な表情で振り返った。

「優子さん、おめでただそうですね」

「ああ、いや、どうも、ありがとうございます」

橋本が少しうろたえたように頷いた。

「こんなこと聞くなんてものすごく不躾《ぶしつ》けなんですが……教えてもらいたいことがあるんです」

「何だろう」

早映は思い切って口にした。

「赤ちゃんは、おふたりの子ですよね」

「当たり前でしょう」

橋本は笑いながら答えたが、その顔に怯《おび》えのようなものが広がっているのを、早映は見逃しはしなかった。

「でも、あなたは藤沢さんの恋人だって」

「何ですか、それ」

「さっき、聞きました」

「誰に何を聞いたか知らないけど、俺たちは学生の時からの友人だ」

橋本は顔をそむけた。

「それ、信じていいんですか。本当に藤沢さんとは恋人じゃないんですか」

「馬鹿馬鹿しい」

「僕も聞かせて欲しいな、その答え」

気がつくと、藤沢が立っていた。

「どうなんだろう、君は僕の恋人なのかい？」

「やめろよ、渡」

橋本が低い声で制する。

藤沢の頬に冷たい笑みが浮かんだ。

「言えないのかい。それはつまり、君はゲイであることを後ろめたく思っているということなんだろう」

「そういうことなんだろう」

橋本は答えない。

無言を続けている。

「だとしたら、僕はおまえを許せない」

「恥じたりしていない」

橋本が言った。

「ただ、言っても理解されない。口にして、生きることをわざわざ面倒にすることはないじゃないか」

「生きるなんてことは、所詮《しょせん》、面倒なものさ」

「渡」

「彼女に言えよ、本当のこと」

いつもどこかに引っ掛かるものがあった。それが何なのか、よくわからずにいた。いや、それが何なのか、そんなことを考えること自体、怖かった。まさか、ありえない。

「さっき君が言ったとおりだ。渡は、俺の恋人だ」

「だったら、赤ちゃんは……橋本さんは女の人とも?」

自分の声が震えている。

「いや」

「じゃあ赤ちゃんは」

「誰の子だとか、そういうことは関係ないんだ。俺と彼女の子だと、ふたりで決めたんだ」

橋本は早映を見ようとしない。早映は自分を落ち着かせようと必死だった。

「橋本さん、私は来月、卓之さんと結婚するの」

「ああ、知っている」

「本当のことを教えて」

「本当のこと？」

「赤ちゃんは、もしかしたら、卓之さんの……」

橋本が再び口を噤《つぐ》んだ。

早映の身体は凍りついた。

さっき身体をかすめた悪い予感が何だったのか、今、はっきりと自覚した。

「そういうことなの？」

「違う」

短く言ってから、橋本は藤沢を振り向いた。

「渡、これで気が済んだか」

「済んでなんかいないさ。いつだって、どこでだって、僕は容赦なく今みたいなことを要求するよ。それが嫌だったら、違う相手を探すことだ」

橋本の表情が強張っている。

「じゃあ、行くよ」

その後を追いかけるほどの気力を、今の早映は持ち合わせていなかった。

身体の震えを止めることさえできずにいた。


「どうしたの、今日は何か変だな」

早映は卓之の車の中にいた。これから一緒に食事に行く予定だった。

今日、早映は卓之と会ってから一度も彼の顔を見ていなかった。目が合いそうになると慌ててそらした。正直なところ、会いたくなかった。けれど式の最終打ち合わせがあって、どうしても出て来なければならなかった。

あの日からずっと考えていた。やはりそうだった、そんなことはありえない、という思いが幾重にも交錯していた。優子と卓之は叔母と甥《おい》の関係だ。まさかと思う。けれど、ありえないことなどこの世の中にはないのではないか。

直接、卓之に訊ねればよいことはわかっていた。卓之は笑うだろうか、それとも怒り出すだろうか。どちらにしても否定するには違いない。そして、それを信じてしまえば簡単なことだともわかっていた。

けれども早映にはそれができなかった。叔母と甥というふたりの関係を口にするのは何をおいても生理的に苦痛だった。これは自業自得なのだろうか。罰が下されたのだろうか。

「ごめんなさい、今日は帰らせて」

早映はフロントガラスに顔を向けたまま言った。

「食事は？」

卓之が怪訝な声を出す。

「ごめんなさい、何だか気分が悪いの。車に酔ったのかもしれない」

「大丈夫かい？」

「ええ、少し休みたいだけ」

「じゃあ帰ろう」

車は車線を変えて、早映のマンションがある中目黒方面へと走り出した。

「何だか、すごく疲れてるみたいだね」

「ちょっとね」

「ここのところ式の準備で忙しかったからな。今夜はゆっくり眠るといいよ」

卓之の優しさは何も変わらない。目立ちたがりでも遊び好きでもなく、まじめで堅実な人柄と、誰もに評されている。早映もそう思っていた。

けれども、早映のことも誰かに言わせれば、きっと同じような評が返ってくるだろう。しっかり者でまじめな女性。ポワゾンでの早映など、誰が想像するだろう。だとしたら、卓之にもそんな陰の部分があるのではないか。誰も知らない、考えてもいない卓之がいるのではないか。

車がマンションの前に停まった。

「じゃあ、今夜はこれで」

「おやすみ」

その時、卓之の腕が伸びてきた。キスされると思った。身体が強張った。早映は逃げるようにドアを開け、外に飛び出した。

卓之の驚きの表情が目の端に映ったが、早映は振り向きもせず、マンションに駆け込んだ。

生理的嫌悪というものがどれほど重要であるか、女なら誰もが知っている。女がこれを持ち出した時、どんな理屈も理由も通じなくなってしまう。

早映が今しがた卓之に感じたものは、間違いなくそれだった。腕を伸ばされた瞬間、背中を走ったあの感覚。生理的嫌悪、それしかなかった。

駄目かもしれない。

式まであとひと月。何もかもが順調に進んでいた。幸福は目の前だった。でも、もう駄目かもしれない。

こんな感覚を持つのは身勝手だろうか。自分にはそんな資格はないのだろうか。もし卓之が、早映が過ごしたあの幾つかの夜のことを知れば、きっと同じような感覚を持つだろう。だとすれば同罪ではないか。

部屋でぼんやりしていると、電話が鳴りだした。早映は緩慢な動作でそれを取り上げた。

「もしもし、早映さん？　私、優子だけれど」

明るい声がした。けれども早映には、まるでガラスを傷つける不快な音のように聞こえた。

「いてくれてよかったわ。ねえ、そこに卓之いるかしら。悪いけど迎えに来て欲しいのよ。渋谷にいるんだけど、疲れちゃって電車に乗る気になれないの。おなかの子のこともあるし、ちょっと卓之に聞いてみてくれる？」

「卓之さんはもう帰りました」

早映は短く答えた。

「あら、そうなの。それは残念。じゃあ、携帯の方にかけてみようかしら」

始めからそうすればいいのだ。わざわざ早映にかけてくるということに、自分の存在を誇示しているような意図を感じた。

優子が言葉を続けた。

「早映さん、結婚までもうすぐね、私、本当に楽しみにしてるのよ。だっておなかの子と一緒に卓之の結婚式に出席できるなんて夢みたいなんだもの」

そこに優越感が窺《うかが》えた。いったい何の優越感なのだろう。自分の方がはるかに愛されているとでも言いたいのだろうか。

そう思ったとたん口にしていた。

「優子さん、私、知ってますから」

「え……？」

「橋本さん、何か言ってませんでしたか？　私、橋本さんから全部聞きました」

優子の声が硬くなった。

「聞いたって、何の話かしら？」

「すべてです」

そう言うしかなかった。

「会えませんか、今から」

言うと、受話器の向こうで、優子の警戒が窺えた。

優子は今、さまざまなことを考えているだろう。早映はどこまで知っているのか。そして自分はどう対応すべきなのか。

早映が知りたいのはただひとつだ。優子のおなかにいる赤ん坊の父親は卓之なのかということだ。

ようやく優子が答えた。

「そうね、あなたとは一度、ちゃんと話し合っておかなければならなかったのかもしれないわね」

「三十分で行きます、場所を指定してください」

渋谷は喧騒の街だ。この街は明日ここで核爆発が起きるとしても、お祭り騒ぎをしているに違いない。

交差点を見下ろせる喫茶店で、早映は優子と向き合っていた。

優子は落ち着いていた。それが彼女の余裕にも映って、早映は気持ちを固くした。

「それで、私に何を聞きたいの?」

優子はミルクティのカップをゆっくりと持ち上げた。

「聞かれなくても、あなたは私に言わなければならないことがあるはずです」

早映は抑揚のない声で言った。

「何だか、命令されてるみたいね」

「私、これでもずいぶん礼儀正しく言っているつもりです」

早映は自分を抑えるのに心を砕いた。

「橋本とはどこで会ったの?」

「藤沢さんの公演会場です」

「そう。だったらふたりのことは」

「ええ、聞きました」

「それなら、当然、私たちの結婚について疑問は持ったでしょうね」

「優子さんは、橋本さんがゲイだと知っていて結婚したんですね」

優子はゆっくりと窓に目を向けた。

「そうよ」

「どうしてですか」

「お互いにいちばんふさわしい相手だと思ったから」

「つまり、カムフラージュってことですか」

「ちょっと似てるけど、全然違うわ。ううん、そのとおりだけど、ちょっと違うって言った方が正確かな」

「茶化さないでください」

早映は唇を噛んだ。

「ごめんなさい、そんなつもりじゃないの」

思いがけず、殊勝な声が返って来た。

「つまり私たちは同じだったのよ。何て言うのかしら、行き場のない思いを持て余していたの。橋本は女を愛せない。彼はあの藤沢という美しい男をひたすら愛してるのよ。でもそれを形にできない。彼の勤め先は銀行でしょう。結構うるさいのよ。上司から見合い話を勧められて、逃げられないところまで来ていたの。おまけに田舎の両親からもいろいろとせっつかれて、橋本は優しいからどうすればいいのかすごく悩んでた。そして、私も愛する男はひとりだけ。付き合った男は何人もいたけれど、愛する男は決して結婚できないあの人ひとりだけ」

愛する男、その言葉に思わず身を固くした。

「やめて、そんな言い方」

早映は顔をそむける。

優子は上目遣いで早映を見た。

「もちろん、あなたはもうそれが誰だかわかってるのよね」

「……」

「そう、卓之よ」

こめかみの辺りが熱くなった。

「私と橋本はすぐに理解し合ったわ。似たもの同士って、どこか呼び合うものがあるのね。私、橋本に言ったの、あの人の子供が欲しいと思ってることを。それまでは考えてもいなかったけど、この年になって、自分の人生を考え始めた時から、彼を愛したという証《あかし》が欲しいと思うようになったのよ。でも、ひとりで産むことを考えると、やはり心細かった。できたら両親にも姉たちにも心配はかけたくなかった。すると橋本はこう言ったの。俺と結婚しないかって。俺は女を幸福にはできないけれど、家族は大事にできるって。そうなの、簡単なことだったの。私たち、結婚すればいいの。お互いを認め合い、それでいて家庭を持って、周りから煩《わずら》わされることなく大切なものを手に入れることができるのよ。そして私は望みどおり妊娠したわ」

早映はテーブルの端を握り締めた。

「言ってくれれば、私は卓之さんと結婚なんてしないのに。あなたたちの邪魔をするつもりなんかないのに」

「あなたと別れたって、どのみち卓之は結婚するわ。ひとり息子なんだもの、しなくちゃならないのよ。そのことは私、ちゃんと覚悟していたわ」

「それをわかっていて」

「仕方なかったのよ」

「仕方ないですって、信じられない。あなたは、自分のやったことに罪を感じないんですか」

するとは優子はその時だけ、鋭い眼差しを向けた。

「そんなもの、死ぬほど感じていたわ」

一瞬、優子に気圧《けお》されそうになった。

「赤ちゃんのことは、卓之さんは何と言ってるんですか」

「卓之は何も知らないわ」

「知らないって」

「橋本がゲイだってことも、知らないんだもの。あの子、そういうところは疎《うと》いの。この子は私と橋本の子だと信じている」

優子は自分のおなかに手を当てた。

「あなたはそれでいいんですか？」

「それでって？」

「卓之さんに、知らせなくて」

「始めから知らせる気なんかないわ。これだけは言っておくけど、もう、卓之と私は男と女じゃないわ。最初から赤ちゃんができたら叔母に戻ろうって決めてたの。だから心配しないで。もう卓之とそんなことにはならないから。卓之ともちゃんと話はついてるの。もう、私たちは終わったのよ」

「そんな勝手なこと。私の気持ちはどうなるんですか」

「悪いけど、あなたの気持ちまで思いやる余裕はないわ。私だってぎりぎりの決断をしたんだから」

しばらく互いに黙った。

しかし、早映にはまだ聞いておきたいことがあった。

「怖くないんですか？　甥との間の子を産むってことに、あなたは何か感じないんですか」

優子がミルクティのカップを口にした。

「何かって、何？」

「とても正常な人間のやることじゃないじゃないですか。冷静に考えればわかるでしょう。法律的にも許されない関係じゃないですか」

優子は早映を見つめ、ふっと笑みを浮かべた。

「近親者の結婚や出産は、今でこそまるで犯罪のように言われるけれど、昔はたくさんあったのを知ってる？　聖徳太子の両親が異母兄妹だったことは有名な話よ。おまけに、母親同士は姉妹なの」

「だからどうだって言うんです。それで自分を正当化するつもりですか」

「だってあなた、遺伝的な障害の可能性を言ってるんでしょう」

「……」

「心配してくれてありがとう。でもね、たとえどんな子供が生まれようと、私は一生をかけて育ててゆくわ。その覚悟がなければ、産もうなんて思わない」

それから優子は、ウェイトレスを呼んで水を追加させた。その態度は余裕に満ちていて、早映の気持ちをますます逆撫でした。

「橋本は最高の夫よ。優しいし気がきくし、たぶん最高の父親にもなってくれる。子供ができた時も、彼がいちばん喜んでくれたのよ。橋本は言ったわ、本来なら自分は子供なんて持てなかった、それが叶って嬉しいって」

優子の言葉はもう遠くにしか聞こえなかった。早映はからっぽになった胸の中で、自分自身がカラカラと音をたてて虚しく回り続けるのを感じた。

「さっきはあんな言い方をしたけど、あなたには悪いことをしたと思ってる。知られないようにしていたつもりだったんだけど、やっぱりこうなってしまったわね」

「バレなかったら、それで済ませるつもりだったんですか。こんな大変なこと、何も知らせずに放っておくつもりだったんですか」

「だって、あなたが知ろうが知るまいが、どうすることもできないのよ。私と卓之は切ってても切れない縁なの。わかる？　男と女が別れるのとは違うのよ。私たちが叔母と甥である限り、付き合いは一生続くのよ」

そうなのだ。恋人なら別れれば他人に戻る。けれどふたりの絆《きずな》は切れない。これからも継続してゆく。

「でも、一生秘密にしておくなんてことできるんですか。いつか卓之さんにすべてを話したくなったり、いつかまた卓之さんと関係を戻してしまったりするんじゃないんですか？」

優子はゆっくりと首を左右に振った。

「心配しないで。もう、そんなことありえないから。本当は言いたくなかったんだけど……卓之はね、正直言ってホッとしてるのよ。もう終わりにしたかったのよ。悔しいけど、あの子の気持ちはもうあなただけに向いてる」

早映は思わず顔をそむけた。そんな言葉など少しも嬉しくなかった。

「もしかしたら、あなたは私と橋本にセックスがないことを心配しているのかもしれないけど、そんなものは私、最初から求めていなかったわ」

そこで優子は意味ありげな目を向けた。

「でも、もし必要になったら、ポワゾンに行こうかしら。あそこに行けば、何とかなるんでしょう」

突然、その名が優子の口から出て、思わず早映は声を上げそうになった。

「心配しないで。もちろん、卓之に言うつもりはないから」

自分を落ち着かせながら、早映は低い声で訊ねた。

「何のことですか？」

「今さら隠しても無駄よ。江口和美って女の子のこと、知らないかしら。デザイナー志望の二十歳をちょっと過ぎた子なんだけど」

「和美、和美、カズミ……」

思い出した。都築につきまとっていたあの女の子だ。早映とカウンターに並ぶと、露骨な態度で敵視した。けれども、なぜ彼女を優子が知っているのだろう。

「江口和美はうちの会社の子よ。前に、早映さんとポワゾンの前で会ったでしょう。それでちょっと興味が湧《わ》いて、入ったことがあるの。素敵なマスターと独特な雰囲気のある店だった。そこで彼女に会ったの。いろいろ聞いたわ、あなたのこと」

混乱はあったが、今さら狼狽《うろた》えてもどうしようもないということもわかっていた。

いつかこんな日が来るという気がしていた。

「最初に彼女から聞いた時、私、とても腹が立った。おとなしそうな顔をしてよくも騙《だま》してくれたわねって。私が死んでも手に入れられない卓之と結婚できるくせに、ちっともその価値がわかってないって」

早映はもう怯《ひる》まなかった。

「こんな私があなたに怒りを向けるのは、身勝手だと思ってるんですね。自分でもそう思います。何て身勝手なんだろうって。そんな資格も権利もないって。卓之さんに知れても仕方ないことです。どうぞ、何とでも話してください」

「だから言ってるじゃない。そんなことはもうどうでもいいのよ。私にはこの子がいる。それだけで十分なの。この赤ちゃんは、私と橋本とで育てるわ。あなたたちとは関係ないの。私、ポワゾンのことは忘れる。だからあなたも卓之と結婚してあの子を幸せにしてあげて」

「よくそんなことが言えますね」

「どうして」

「こんな状況で結婚なんてできるわけがないじゃないですか」

「まさか、やめるの？」

「はい」

早映ははっきりと頷いた。

「でも、式までもうすぐよ」

「そんなこと関係ありません」

「やめるにしても、それはそれで大変なことよ」

「やめます」

早映はうつむいたまま、短く言い切った。

「どんなに身勝手だと言われても、絶対にやめます」


昨夜、月の周りに大きなカサが見えた。

それは闇《やみ》の中で、不気味なほどに美しい金色をしていた。

案の定、今朝は雨だった。ガラス窓に雫《しずく》がいくつも重なり、歪んだ街の風景をぼんやりと映し出していた。

窓に近づくと、ガラスに自分の顔が浮かび、まるで涙のように雨が伝わって行った。

早映はいつものように顔を洗い、化粧を済ませた。トーストにコーヒーの簡単な朝食をとり、火の始末の確認をする。それから玄関に立ち、下駄箱を覗いた。

雨だから革のパンプスは履きたくない。けれど合皮の靴は今日の服と合わない。やはり革にしようか、それとも合皮にしておこうか。

そんなことを考えていると、突然、何もかもが嫌になった。まるで、ぽっかりと胸の中が空洞になってしまったみたいだった。

早映は玄関先に座り込んだ。するともう立ち上がる気力はなくなっていた。

ずっと眠れない夜が続いていた。食欲もなかった。身体も心も疲れ切っていた。今までよくもったものだと不思議に思う。自分がどれほど参っているか、自覚することすらできなかったのだろう。

会社に行く気はすっかり失せていた。早映は部屋に戻り、着ていた服を脱ぎ捨てた。パジャマに着替えてベッドに潜り込む。身体が眠りを欲しがっていた。けれど眠れない。身体とは裏腹に、神経がささくれだっている。それでも目を閉じ、身体を丸めた。けれど眠ろうとする努力がいっそう早映を疲れさせた。

しばらくぼんやりと、宙に漂うように気持ちを投げ出していた。

いったいどうすればいいのだろう。

選択しなければならないことが、目の前に大きく立ちはだかっていた。

叔母と関係を持ち、子供まで作った男と結婚するなんてどうかしている。たとえ、子供のことを卓之が知らなくてもそれで終わりにできる話ではない。

優子は決して口にしないと言っているが、それを一生守れると誰が保証するのだろう。何年か先、優子がそのことを告白したらどうなるのか。家庭は破綻《はたん》する。目に見えている。たとえ優子が黙っていたとしても、彼女とはこれからも親戚としてずっと付き合ってゆかなければならない。生まれて来る卓之の子供がだんだん大きくなり、卓之に似てゆく姿を目の当《ま》たりにしなければならない。そんなことが自分にできるだろうか。

早映は枕元の時計に目をやった。八時半を少し回ったところだった。休むと会社に連絡を入れておかなければならない。起き上がって受話器を取り、電話番号を押した。すぐに同僚の女性が応対に出た。欠勤する旨を伝えると、彼女は快く答えた。

「わかったわ、課長にはうまく伝えといてあげる」

「ごめんなさい。引き出しに入っているコピーは午後の会議の時使う書類だからよろしくね」

「任せといて」

「じゃあ」

と、電話を切ろうとすると、彼女が言った。

「そうそう、今日、みんなで君島さんの結婚祝いを買いに行こうと思ってるの。この間言ってた、ワイングラスでいいかしら」

「え、ええ」

「そう、じゃそれに決まりね。素敵なのを選んで来るわ、楽しみにしててね」

「ありがとう」

電話を切ってベッドに戻った。同僚の言葉がひどく重く耳に残った。

こうしている間にも、結婚式の日は近づいて来る。お祝いの品や言葉をもうどれだけ受け取ったか。式まであと二週間しかない。今になって中止などできるだろうか。そのことによって起こるであろうさまざまなトラブルを、全部受けとめられる強さが自分にあるだろうか。

けれども、結婚するのは自分だ。これは一生のことなのだ。壊れることがわかってい
る結婚をわざわざするくらいなら、土壇場でキャンセルした方が賢明ではないか。

何よりも、早映が感じているこの生理的嫌悪。優子と卓之のことを想像しただけで、
胃の奥がせり上がるような不快感が湧く。近親相姦《そうかん》というおぞましい単語がぐるぐる回
っている。

もう卓之とベッドに入れない。こんな状態で結婚などできるはずがない。もう駄目だ、
ここまで来てしまった以上、修復の余地などどこにもない。

早映は布団をはね上げた。そして受話器を手にした。番号は岡山の実家だ。母に何も
かも話してしまうつもりになっていた。

「もしもし、お母さん、私」

朝の電話にもかかわらず、相変わらずおっとりした母の声が返って来た。

「あら早映、どうしたの、こんな時間に。会社から?」

「今日は休んだの」

「具合悪いの?」

「そうじゃないんだけど……お母さん、私ね」

「身体には気をつけなさいよ、式まであと二週間しかないんでしょう。何なら私がそっ

ちに行ってあげようか?」

「ううん、それはいいの。それより、あのね」

「そうそう、黒田の伯母さんがね、わざわざ留袖《とめそで》を新調したのよ。東京のホテルの結婚式なんて初めてだからって、もうすっかり張り切っちゃってね。それでね、一緒に呉服屋に行ったんだけど、ふふふ、実はその時、私も作ったの。ちょっと高かったけどヘソクリでね。もちろんお父さんには内緒よ。どうせあの人は私が前にどんなの着てたかなんて忘れちゃってるだろうけど。とにかく加賀友禅《かがゆうぜん》の素敵なの。そろそろ仕立て上がって来るから楽しみだわ。ああ、それから近所の人からもたくさんお祝いをいただいてるの。新婚旅行のお土産《みやげ》、忘れずに買って来るのよ。リストは今度送るから。ほら、お向かいの河原さん、三万円も包んでくれたのよ。お土産もあんまりチャチなものじゃ駄目よ。後でとやかく言われるのは嫌だから」

早映はもう何も言えなくなっていた。こんな母にいったい何を言えるだろう。結局ただ頷くばかりの返事をして、電話を切った。

せめて、これが式の一ヵ月前だったら何とかなったかもしれない。いいや、親は何とでもなる。このことで親子の縁を切られても仕方がない。問題は親戚や近所に対してどう言い訳をするかだ。親にも面子《メンツ》というものがある。今さら式が中止になったら、田舎は大騒ぎになる。

中止するなら、周りを納得させるだけの理由が必要だ。卓之が交通事故で入院したというのはどうだろう。だから式は延期になったということにする。そして延期をいつかうやむやにしてしまう。どうせ東京と岡山じゃ離れていて、嘘か本当かなんてわかりはしないのだ。

そうやって式をキャンセルするとなると、ホテル側はいったいどういう対応をするのだろうか。早映は式場に問い合わせてみることにした。もう考えることに疲れていて、とにかく行動に移さないと気が済まなかった。

電話を入れて、交換台に担当者を呼んでもらった。担当者とは何度も会って顔馴染《なじ》みになっている。物腰が柔らかく人当たりも申し分ない、五十歳近くの女性だ。

「はい、お電話代わりました」

聞き覚えのある声がした。

「あの、君島です」

「これはどうも、お世話になっております。いかがなさいましたか。招待客のご変更でも?」

「いえ……あの、たとえばの話なんですが、今、式をキャンセルするとなると、どんな手続きが必要ですか」

担当者は一瞬、押し黙った。けれどもすぐにいつものように愛想のいい声で言った。

「何か当方に不手際でもございましたでしょうか」

「いいえ、そうじゃないんです。たとえばの話なんです」

「そうですか。では、こちらもたとえばということでご説明いたしましょう。現在ですと、式の二週間前でキャンセルとなりますので、キャンセル料として全費用の八〇パーセントを申し受けることになっております」

「八〇パーセント……」

「会場の押さえ、人手の確保、すでにお料理の仕込みにも入っておりますので、どうしてもそれくらいの費用がかかってしまいます。その規定は前に差し上げた説明書にも書いてございます。お確かめください」

「そうですか」

「けれども、もしそういうことになりますと、当方とは関係のない面でもいろいろと面倒なことが起こりますでしょうね。確か新居は浦安の社宅でございましたね。失礼ですが、お引っ越しはもうお済ませですか？」

「いえ、まだ……」

「では、そちらの方も中止しなければなりませんね。現在住んでいらっしゃるお部屋の契約はどうなっていらっしゃいますか。切れるとなると君島様の住む場所がなくなってしまいます。お買い求めになった家具や電化製品は宙に浮いた状態になりますね。保管するにしても倉庫料がかかります。新婚旅行の申し込みもキャンセルしなければなりません。これも八〇パーセントは戻らないと覚悟なさった方がよろしいでしょう。つまり現時点で中止なさると、莫大《ばくだい》なお金が無意味に消えてしまうことになるのです」

早映はただ茫然と聞くばかりだ。そこで担当者は追い討ちをかけるように、声音《こわね》を改まったものに変えた。

「申し訳ありません、お金のことばかり申し上げて。ご自身の人生がかかった問題ですから、お金のことなどどうでもいいとお考えでしょう。もちろんでございます。けれども、本当に大変なのは費用のことではないのです。招待状を送られた方へのご連絡とか、仲人様に対するご報告などです。確か、君島様は部長様がお仲人をなさるはずでしたね」

「……はい」

「おふたりの今後にも大きな力となってくださる上司がお仲人ですから、信頼を失うなどという別の問題も生じて参るでしょう。すでにお祝いをいただいた皆様とか、同僚の方々、お友達など、きちんと説明をしなければなりません」

早映が黙り込むと、担当者は柔らかな声を出した。それはまるで子供をあやすような口調だった。

「君島様、正直申し上げまして、式の直前に迷う方は大勢いらっしゃいます。こういったお話を伺うのもめずらしいことではありません。けれども、そう言いながらもほとんどの方が無事に結婚されていらっしゃいます。きっと、おひとりで考えられて私にお電話を掛けていらっしゃったのだと思いますが、ご両親様やご新郎様ともよくお話し合いをなさった方がよろしいかと存じます。すべて解決できる問題と信じております。もちろん、ご新郎様にはこのようなお電話を受けたことは、私の口から申し上げるようなことはございません」

「………」

「当ホテルは、めでたくその日をお迎えできることを心からお待ち申しております」

電話を切って早映は深く息を吐き出した。

つまり結婚を中止したら、住むところをなくし、岡山にも帰れず、仕事を失い、お金もなく、友人たちとも顔を合わせられないという最悪の状態に陥ってしまうということなのだ。

それでいったいどうやって生きてゆけばいいのだろう。

早映はぼんやりとした。どっちを選んでも絶望的に思えた。何よりも、それでも行動を起こそうという勇気が自分にあるだろうか。

何もする気が起きなくて、早映は部屋の真ん中で座り込んでいた。こんなことなら何も知らずにいればよかった。なぜ、パーティなどに行ったのだろう。なぜ、優子を問い詰めたりしたのだろう。

その時、電話が鳴りだした。早映は緩慢な動作で受話器を取り上げた。

「休んでるって聞いたけど、どうしたんだ?」

卓之だった。その邪気のない言い方に早映は憤《いきどお》りを感じた。衝動的に何もかもぶちまけたくなった。

「大したことないの、ちょっと頭痛がしたものだから」

けれども、結局、早映は何も言えなかった。

「最近、疲れてるみたいだな。帰りに寄るよ、何か食べるものでも買って行こう」

「ううん、いいの、本当に大したことないから。今日一日寝てたらすぐ治るわ」

「いいよ、行くよ」

「いいって言ってるでしょ、ひとりでいたいの」

「どうしたんだ」

卓之の口調が硬くなった。

「え?」

「変だよ」

「何が」

「まるで俺を避けてるみたいだ」

「考え過ぎよ。本当に頭が痛いだけ。じゃあ」

早映は受話器を置いた。冷たい言い方をした自分を悪いとは思わなかった。けれども、はっきりと別れを言い出せない自分はいったい何なのだろう。本当に嫌なら、住むところがなくなっても、お金や仕事を失っても、周りからどんな好奇の目を向けられても、結婚をやめてしまえるはずではないか。

どこかで計算しているのだった。プラスとマイナスを秤《はかり》にかけている。卓之とはたくさんのことを考えた上で結婚を決めた。ドラマチックな出会いでも、熱烈な恋愛でもなかったが、早映の求める安定した将来というものがそこにあったからだ。

早映が裏切られたのは、卓之にではない。自分の計算にだ。何もかもうまくやったと、有頂天になっていた自分なのだ。

午後を回って雨は上がっていた。西の空から太陽が覗き、濡れたビルの窓に光が眩《まぶ》しく反射していた。

早映はベッドの中で、浜辺に打ち上げられた魚のように横たわっていた。考えるべきことはとっくに頭の容量を超えて、もう早映の手には負えなかった。

チャイムが鳴った。

しばらく放っておいたが、しつこく鳴り続けている。仕方なく、パジャマにカーディガンを羽織り、インターホンを取った。

「はい」

「卓之の母ですが」

びっくりした。早映は慌てて部屋を見回し、脱ぎっ放しになっていた服をタンスの中に押し込んだ。それからドアを開け、顔を覗かせた。

「お母さま、どうしたんですか」

「卓之から電話があって、早映さんが寝込んでるから見てきて欲しいって言われたのよ。大丈夫？　熱はあるの？」

「いいえ、大したことないんです」

「何も食べてないんじゃないかと思って、サンドイッチを作って来たの」

卓之の母は、手にした紙袋を少し持ち上げてみせた。

「すみません、どうぞ上がってください。あまり綺麗にしてなくて、恥ずかしいんですけど」

「じゃあ、お邪魔させていただくわね」

卓之の母は玄関を上がり、部屋に入った。クッションをすすめて、お茶をいれるため早映はキッチンに立とうとした。

「いいの、ポットにコーヒーも入れて来たから。カップもちゃんとふたつあるのよ。だから早映さんは気にしないで寝てらっしゃい」

「でも……」

「それじゃ、お見舞いにならないわ」

「すみません、じゃあそうさせていただきます」

さすがにベッドには入れず、早映は向かい側に座った。卓之の母はテーブルにサンドイッチを広げた。

「さあ、どうぞ召し上がって」

「ありがとうございます」

早映はひとつを手にした。

「まるでピクニックみたいね」

卓之の母は楽しそうに笑いながら、コーヒーをカップに注いだ。香ばしさが部屋に広がってゆく。

「本当言うとね、あなたがどんなお部屋に住んでるのか、ちょっと見てみたかったの」

「恥ずかしいです。掃除もあまり行き届いてなくて」

「ううん、思ったよりずっと片付いてるわ。几帳面《きちょうめん》なのね、早映さんは。優子とは大違い」

その名を聞いたとたん、急に食欲が萎《な》えてゆくのを感じた。

「優子は大学までうちに居たんだけれど、卒業してから一人暮らしを始めたでしょう。

でもあの子、家事がまったく駄目なの。ご飯はしょっちゅううちに食べに来たし、私もよく通ってお掃除とかしてあげたわ。だから結婚するって聞いた時は、あの子に主婦なんてできるのかしらって心配したんだけど、うまくしたものね、橋本くんってとってもマメなんですって」

「優子さんて、お母さまとは姉妹なのに性格は全然似てらっしゃらないんですね」

「それはしょうがないのよ、優子と私は血が繋がっていないんだから」

「えっ」

早映は思わず顔を上げた。

「早映さんはもう家族の一員だから、こういったこともお話ししておかなくちゃね。優子は私の継母《ままはは》の連れ子なの。私が高校生の時に、新しい母がやって来たの。それが今、鎌倉にいる母よ。その時に優子も一緒だったの。何でも優子がおなかの中にいる時に、ご主人を事故でなくしたらしくてね」

早映はただぼんやりと聞いていた。

「でも私たち、実の姉妹のように仲がいいでしょう。継母はとてもいい人だったから、つらい思いなんてしたことなかったわ。それに私はいちばん上で、下は弟ばかりでしょう。姉妹がひとりもいなかったから、優子が可愛くて。年が離れていたせいかもしれないわね」

「そうだったんですか……」

「でも父とは養子縁組をしているから、血は繋がってなくても私たちは姉妹だし、卓之にとっては叔母なのよ。だから、早映さんもこれからもそのつもりで付き合って行ってね」

卓之の母は、早映とは違う意味で心配をしているようだった。血の繋がりがないと知ったことで、早映が優子を他人のように思わないで欲しいと言いたかったのだろう。

「優子さんも卓之さんも、そのことはご存じなんですよね」

「もちろんよ。けれど、そんなことが気になったことは一度もないのよ。私たちはみんな家族なんだから」

じゃあなぜ、優子はあんな言い方をしたのだろう。血の繋がりがあることをひどく強調するような、わざと罪を重くするような。

卓之の母はそれから一時間ほどお喋りをして、帰って行った。ひとりになると、早映は優子という存在が微妙に崩れてゆくのを感じた。

強い人だと思っていた。その激しい愛し方は、モラルさえも超えてしまうほどのものなのだと。

けれどもとをただせば赤の他人だった。結局、早映と同じ立場なのだ。

優子は怖れていたのだろうか。口では強気なことを言っていたが、早映に負けたと認めたくなかった。だからこそ、わざと血の繋がりを強調して、早映には入り込めない強い関係であるなどと誇示したのではないか。どのみち知れることだとわかっていながら。それが優子の最後の嫉妬だったのだ。そう、ひとりの女としての嫉妬。

もし、ふたりが結婚を望もうと思えば、別の方法も取れたろう。養子縁組を解けば他人に戻ることもできる。けれども優子も卓之もそこまでしなかった。つまり、そこまでの勇気も強さもなかったのだ。

その時になって、早映は卓之の母が本当は何もかも知っているのではないかと思った。

早映は立ち上がって窓に近づいた。向かい側の屋根から落ちる雫が、光を浴びてプリズムのように輝いている。

早映は今、優子を憎んでいる。けれども、どこかで完全に否定はできないのだった。そうまでして愛する男の子供を産みたい、家族を守りたいと必死になる優子の生き方は、もしかしたら、女という生きもののすべてが本能として持っているものではないかと思えた。

少なくとも、近親相姦というおぞましい関係は、そこに存在しなかった。

まだ十分に大きな問題が存在していることはわかっているが、それだけでも早映は救われていた。確かに救われていた。

翌日のお昼休み。

早映は卓之と喫茶店で向かい合っていた。空気がとても澄んでいるのは、昨日の雨のせいだろう。街路樹も道路もどこかさっぱりとしている。

ランチを誘ったのは早映の方だった。

「昨日のお母さまのサンドイッチ、とてもおいしかったわ。わざわざ連絡してくれたのね、どうもありがとう」

「それで具合は？」

「もうすっかり」

「そうか」

「来週はいよいよ引っ越しね」

「ああ、そうだな」

「昨日、段ボールに詰めてたんだけど、まだまだあるの。これからが大変」

「よかった……」

卓之が小さく息を吐き出した。

「よかったって？」

早映が訊ねる。

「この間から、どうも俺たちうまくいってないような気がしていたんだ。もしかしたら、何かあるのかと思ってた」

「何かって？」

「心配ごととか、悩みとか、誰かに何か言われたとか……」

そう言った卓之の声には、怯えのようなものが見えた。

その時、知った。卓之は不安がっている。優子のことを背負っている卓之は、それを早映に知られることをひどく怖れている。つまり、卓之は早映を失いたくないのだ。優子よりも、早映を必要としているのだ。

この人は、もしかしたら自分以上に、苦しんでいるのかもしれない。

そう思った時、早映は目の前に座る卓之を憎めるはずがないと思った。

窓から陽が差し込み、羽毛のように柔らかくふたりの上に落ちている。

早映の指にはめられたエンゲージリングが光を受けて輝いていた。


鏡の中に、ウェディングドレスに包まれた早映がいる。

レースやビーズは一切なく、オーガンジーだけをたっぷり使ったドレスだ。

廊下を気忙《きぜわ》しい足音が通り過ぎてゆく。ついさっきまで、この控え室にもたくさんの人がいた。でもみんな式場に行ってしまい、今はひとりだ。まるで空気が希薄になったように何も動かない。

私は結婚をする。卓之の妻になる。

このウェディングドレスで、神の前で誓いをたてる。

けれど、妻という人間になるのではない。妻である私という存在がひとつ増えるだけだ。

人はいつも、知らない自分と出会ってゆく。その驚きは、時には失望となって自分に復讐《ふくしゅう》をする。それでも人はいつも出会いたいと望んでいる。知らない私を待っている。

早映はアレキサンドライトのことを思い返した。返してしまうつもりだったのに、機会を逸し、それは新居となる社宅の新しいチェストの中にある。

いつかまた、あの指輪をはめる時が来るのだろうか。私の中に存在した私が、また息を吹き返す時が――。

もし、そんな私がいても、私は拒否しない。私が私を選ぶことは、いつも自由なのだから。

「そろそろお時間です」

係の女性が呼びに来た。早映は背筋を伸ばした。

開け放たれたドアから、オルガンの厳《おごそ》かな響きが流れて来る。

真っ白なオーガンジーのベールを引きながら、卓之の待つ祭壇に向かって、早映はゆっくりと歩き始めた。

解説

下川香苗

永久就職、ということばがある。

最近はあまり使われなくなったが、日本経済が右肩上がりだった時代に、女性が結婚して専業主婦になることを指した表現だ。

あまり使われなくなったと書いたけれど、試しにグーグルで、永久就職と結婚をキーワードにして調べてみると二〇三〇〇件の検索結果が出た。全件が先述と同じ意味には使われていないにしろ、いまだにしぶとく生き残っているようだ。

以前は、私はこの永久就職ということばを見聞きするたび、どうせ女には家事をするしか能がないと言われているようで、「なんて女をバカにしたことばなの！」と腹を立てていた。

でも最近は、長く生き残っていることばには、やはり妙味があるものだなあと感心するようになった。専業主婦についての賛否とは関係なく、「永久保障」とか「永久保険」とか言わずに、永久の後に「就職」という単語を持ってきたところにだ。

就職は理性を働かせる社会的なこと、結婚は感情が主になる個人的なこと、と対極にあるように見えて、けっしてそうではない。

就職先を決めるときだって、仕事内容と給料と、可能な範囲でどちらもそれなりに納得できるところにするはずだ。高給ならどんな会社でもかまわないとか、好きな仕事なら給料は要りません、などと偏った決断をすれば、いずれ破綻《はたん》するのは目に見えている。

「結婚も同じようなものなのかも」

あるとき、私はこの発見について、知り合いの三十代半ばの男性に話したことがある。給料は、結婚でたとえるなら相手の収入。会社の雰囲気や仕事内容は、相手の人柄。どちらも重要だ。どちらかが欠けるくらいなら、どちらもそこそこでいい。結婚をずばり「就職」と呼ぶとは、まさしく言い得て妙なり。さしずめデートは、面接試験といったところか。

「そういうことをもっと早くにわかっていたら、私もふつうの結婚ができてたかもしれないのに。私なんかこれまで男の人を見るときには、もし大洪水になって舟に一人分しか空きがなかったら、この男は自分が溺《おぼ》れても私を助けてくれるだろうかとか、この男が無一文のボロボロになっても私は見捨てないでいられるだろうかとか、そんな極端なことばかり考えてた」

「そりゃあまた、ピュアというかなんというか……」

彼は明らかにあきれて、そして言った。

「でも、男はたいてい、つきあっている女性からは、収入とか財産とか勤め先とかぜんぶ込みで値踏みされてるって、ごくあたりまえに思っていますよ」

えっ、そうだったんだ、と私はまた発見をした思いだった。

男の人がそう思っているということは、そういう目で男を評価するのはむしろ当然なのか。私には発見だったことも世間では常識だったりするようで、結婚というのは私にとってはまだまだ謎だらけだ。


この『愛には少し足りない』の主人公・早映《さえ》は、いくつかの恋愛を経る中で、そういった「結婚と就職が同じようなものだ」というようなことをすでに充分学んでいるしっかり者だ。

だから、同僚の卓之《たくゆき》と婚約できたことが、失ったら次はないかもしれない幸運だと知っている。好感の持てる人柄と安定した収入、どちらもバランス良く兼ね備えた卓之は、祝福される結婚にはこれ以上ないほどの相手なのだから。ところが、ダンスカンパニーに所属する麻紗子《まさこ》との再会をきっかけに、早映は複数の男性と交渉を持ちはじめる。でも、彼らとは会話やベッドを共にするだけ。彼らとの秘密の時間も、卓之との結婚準備も、どちらも早映はそのつど頭を切り換えて存分に楽しむようになる。

早映の行動を、物語を読んだ人はどう受け止めるだろう？　背徳的。その通りだ。でも、眉をひそめつつもその一方で、胸の隅がちりっと焦げつくような感覚で、ひそかにうらやんだ人は多いのではないだろうか。

恋人や夫に不満はない。でも、相手を替えてみれば、もっと大きな快感が訪れるような、もっと別の何かが待っているような気がする。得られるべきものをみすみす逃しているような、そんなもったいなさ、もどかしさは、私を含めてたぶん多くの人が味わった経験があるはずだ。早映は実行のチャンスにめぐまれた。正直な気持ちとして、私はうらやましい。

相手を替えるくらいなら、恋人や夫とでそれをできないのかという意見もあるだろうが、親しい相手だからこそ口にできない要求もある。身近すぎない相手とでなければできないこともある。近づきすぎることは、安心も生む代わりに、それまでのイメージを揺るがすことをおたがいに恐れさせる。

早映の行動は形としては男女のことなのだけれど、単にそれにとどまらない。もっと奥深く、自分はこんなこともできるんだと気づくこと、自分の別の一面をみつけることにつながっている。いわば、「自分探し」のようなものだ。今、前世占いや精神分析がしばしば話題になるが、それらが自分が何者かを見つめなおす意味合いを持っているのと同じように、早映のしたことは「ベッドの上での自分探し」と言ってもいい。

気がつかなかった自分をみつけることは、未開拓の土地の探検に似ている。だからこそ魅力に富んでいる。

早映のように結婚の条件をしっかりと認識している女性でさえ、ベッドの相手を自由に替えることに惹きつけられたのは、それが欲望の解消だけではなく、自分自身の探検でもあったからだ。

ただ、こういった自分探しは、危うい ものを一点はらんでもいるように思う。気がつかなかった自分をみつけることが魅力的なゆえに、新しくみつけた自分のほうこそ「ほんとうの自分」のように感じられて、ふだんの自分は仮のすがたではないかと思えてくることだ。

でも、ほんとうの自分とか、仮の自分とかあるのだろうか。生きていくとは、そもそも演技の連続ではないだろうか。

演技というと嘘の響きが先に立ってしまうけれど、だますという意図ではなく、誰でも日頃からその場に応じた態度を取るように心がけているはずだ。たとえば謝るとき、仕事では礼儀正しくていねいに、友達なら「ごめんね」とすなおに、恋人にならちょっと甘えてみせる、というように。

鍵になるのは、どんな自分を演じているか、どんな自分を表に見せているかを自覚しているかどうかだと思う。常に自分の手綱は自分で引く。それができなければ、統制がとれなくなって、行き当たりばったりの演技は、結局ただの嘘になってしまうかもしれない。早映はベッドの上での自分探しを通して、この手綱の引き方をおぼえたのだと言ったら、早映の肩を持ちすぎだろうか。

物語は水中では渦を巻きながらも水面は静けさをたたえているといった雰囲気で進んでいくが、最終章で、たたみかけるような意外な急展開を見せ、その末にまさかというラストを迎える。

このラストについては、読む人によって真っ二つに反応が分かれるだろう。ある人は早映のことを「なんてずるい女なの」と激しく批難するだろうし、ある人は反対に「こんなのってかわいそう」と同情を寄せるかもしれない。

私の場合は、このラストシーンを読んだとき、ある哲学者の「愛は技術である」ということばを思いうかべた。

恋愛マニュアルを指しているのではない。ピアノを演奏するには弾き方を知らねばならないように、愛にも習練が要るという意味だ。そして、愛は降ってきたものに飛びつけば誰でもできるものではなく、愛そうとする意志と能力をもってみずから踏みこむものだ、と説いている。

物語の一ページ目の早映は、何の後ろ暗いところもないしっかり者だった。けれども、それだけだった。

かいがいしく婚約者につくしているように見えても、卓之のために高価なカップでコーヒーを出しても、ふかふかのバスタオルを彼に用意しても、じつは早映は彼女自身につくしていただけだ。自分の中の、甘くて心地良い世界にただよっていただけだ。

ラストの早映は、叩けばほこりがたくさん立つ身で、痛々しくはあるが、確かにずるくもなり、より打算的になったと評されたとしても否めない。

でも、甘い色に染まる自分の世界から踏み出した。

愛されることから、愛することへ踏みこんだ。

そんな彼女のほうが、私はずっと好きだ。

一ページ目の早映よりも、ずっとずっとすてきになったと思うと言ったら、やっぱり早映の肩を持ちすぎだろうか。

この作品は二〇〇一年八月、幻冬舎文庫として刊行されたものを
加筆・訂正いたしました。

集英社文庫　目録（日本文学）

松井今朝子　非道、行ずべからず
松井今朝子　家、家にあらず
松浦弥太郎　本業失格
フレディ松川　少しだけ長生きをしたい人のために
フレディ松川　死に方の上手な人　下手な人
フレディ松川　老後の大盲点
フレディ松川　ここまでわかった　ボケる人　ボケない人
フレディ松川　好きなものを食べて長生きできる　長寿の新栄養学
フレディ松川　60歳でボケる人　80歳でボケない人
フレディ松川　はっきり見えたボケの入口　ボケの出口
松樹剛史　ジョッキー
松樹剛史　スポーツドクター
松樹剛史　GO-ONE
松下　緑　漢詩に遊ぶ　読んで楽しい七五訳
松本侑子　植物性恋愛
松本侑子　美しい雲の国

松本侑子　花の寝床
モンゴメリ　松本侑子・訳　赤毛のアン
モンゴメリ　松本侑子・訳　アンの青春
三浦綾子　裁きの家
三浦綾子　残像
三浦綾子　石の森
三浦綾子　天の梯子
三浦綾子　ちいろば先生物語(上)(下)
みうらじゅん　とんまつりJAPAN　日本全国とんまな祭りガイド
三木　卓　砲撃のあとで
三木　卓　はるかな町
三木　卓　野鹿のわたる吊橋
三木　卓　裸足と貝殻
三木　卓　柴笛と地図
三崎亜記　となり町戦争
水上　勉　骨壺の話

水上　勉　故郷
水上　勉　虚竹の笛　尺八私考
美空ひばり　川の流れのように
三田誠広　いちご同盟
三田誠広　春のソナタ
三田誠広　父親学入門
三田誠広　ワセダ大学小説教室　天気の好い日は小説を書こう
三田誠広　ワセダ大学小説教室　深くておいしい小説の書き方
三田誠広　ワセダ大学小説教室　書く前に読もう超明解文学史
三田誠広　星の王子さまの恋愛論
三田誠広　永遠の放課後
光野　桃　ソウルコレクション
皆川博子　薔薇忌
皆川博子　骨笛
皆川博子　ゆめこ縮緬
皆川博子　花闇

集英社文庫　目録（日本文学）

皆川博子　総統の子ら(上)(中)(下)
宮内勝典　ぼくは始祖鳥になりたい
宮尾登美子　岩伍覚え書
宮尾登美子　影絵
宮尾登美子　朱夏(上)(下)
宮尾登美子　天涯の花
宮城谷昌光　青雲はるかに(上)(下)
宮子あずさ　看護婦だからできること
宮子あずさ　看護婦だからできることII
宮子あずさ　老親《ろうしん》の看《み》かた、私の老い方
宮子あずさ　ナースな言葉　こっそり教える看護の極意
宮子あずさ　ナース主義！
宮里洸　幽鬼　人斬り弥介秘録
宮里洸　鬼神　人斬り弥介秘録
宮里洸　沈む町　人斬り弥介秘録
宮里洸　茜雪《あかねゆき》　人斬り弥介秘録

宮里洸　霧隠才蔵　決定版・真田十勇士
宮沢賢治　銀河鉄道の夜
宮沢賢治　注文の多い料理店
宮嶋康彦　さくら路《みち》
宮部みゆき　地下街の雨
宮部みゆき　R.P.G.
宮本輝　焚火の終わり(上)(下)
宮本昌孝　藩校早春賦
宮本昌孝　夏雲あがれ(上)(下)
宮脇俊三　鉄道旅行のたのしみ
三好徹　貴族の娘
三好徹　興亡三国志（全5巻）
三好徹　妖婦の伝説
武者小路実篤　友情・初恋
村上龍　だいじょうぶマイ・フレンド
村上龍　テニスボーイの憂鬱(上)(下)

村上龍　ニューヨーク・シティ・マラソン
村上龍　69 sixty nine
村上龍　村上龍料理小説集
村上龍　ラッフルズホテル
村上龍　すべての男は消耗品である
村上龍　コックサッカーブルース
村上龍　龍言飛語
村上龍　エクスタシー
村上龍　昭和歌謡大全集
村上龍　KYOKO
村上龍　はじめての夜　二度目の夜　最後の夜
村上龍　メランコリア
村上龍・中田英寿　文体とパスの精度
村上龍　タナトス
村上龍　2days 4girls
村松友視　雷蔵好み

集英社文庫　目録（日本文学）

村山由佳　天使の卵　エンジェルス・エッグ
村山由佳　BAD KIDS
村山由佳　もう一度デジャ・ヴ
村山由佳　野生の風
村山由佳　きみのためにできること
村山由佳　キスまでの距離　おいしいコーヒーのいれ方Ⅰ
村山由佳　青のフェルマータ
村山由佳　僕らの夏　おいしいコーヒーのいれ方Ⅱ
村山由佳　彼女の朝　おいしいコーヒーのいれ方Ⅲ
村山由佳　翼　cry for the moon
村山由佳　雪の降る音　おいしいコーヒーのいれ方Ⅳ
村山由佳　緑の午後　おいしいコーヒーのいれ方Ⅴ
村山由佳　海を抱く　BAD KIDS
村山由佳　遠い背中　おいしいコーヒーのいれ方Ⅵ
村山由佳　夜明けまで1《ワン》マイル　somebody loves you
村山由佳　坂の途中　おいしいコーヒーのいれ方Ⅶ
村山由佳　優しい秘密　おいしいコーヒーのいれ方Ⅷ
村山由佳　聞きたい言葉　おいしいコーヒーのいれ方Ⅸ
群ようこ　トラちゃん
群ようこ　姉の結婚
群ようこ　でも女
群ようこ　トラブル クッキング
群ようこ　働く女
群ようこ　きもの365日
群ようこ　小美代《こみよ》姐《ねえ》さん花乱万丈《からんばんじょう》
群ようこ　ひとりの女
室井佑月　血《あか》い花《はな》
室井佑月　作家の花道
室井佑月　ああ～ん、あんあん
室井佑月　ドラゴンフライ
室井佑月　ラブ ゴーゴー
室井佑月　ラブ ファイアー
タカコ・H・メロジー　やっぱりイタリア
タカコ・H・メロジー　イタリア 幸福の食卓12か月
タカコ・H・メロジー　マンマとパパとバンビーノ　イタリア式 愛の子育て
望月諒子　神の手
望月諒子　殺人者
望月諒子　呪い人形
本岡類　住宅展示場の魔女
本宮ひろ志　天然まんが家
森詠　オサムの朝《あした》
森詠　那珂《なか》川《がわ》青春記
森詠　日に新たなり　続・那珂川青春記
森絵都　永遠の出口
森絵都　ショート・トリップ
森鷗外　舞姫
森鷗外　高瀬舟
森博嗣　墜ちていく僕たち

集英社文庫　目録（日本文学）

集英社文庫　目録（日本文学）

吉武輝子　老いては人生桜色
吉武輝子　夫と妻の定年人生学
吉永みち子　女《おんな》偏《へん》地《じ》獄《ごく》
吉村達也　やさしく殺して
吉村達也　別れてください
吉村達也　夫の妹
吉村達也　しあわせな結婚
吉村達也　年下の男
吉村達也　京都天使突抜通の恋
吉村達也　セカンド・ワイフ
吉村達也　禁じられた遊び
吉村達也　私の遠藤くん
吉村達也　家族会議
吉村達也　可愛いベイビー
吉村達也　危険なふたり
吉村達也　ディープ・ブルー

吉村英夫　完全版「男はつらいよ」の世界
吉行淳之介　子供の領分
米原万里　オリガ・モリソヴナの反語法
米山公啓　医者の上にも3年
米山公啓　医者の出張猶予14ヶ月
米山公啓　週刊医者自身
米山公啓　医者の健診初体験
米山公啓　使命を忘れた医者たち
米山公啓　医者がぼけた母親を介護する時
米山公啓　もの忘れを防ぐ28の方法
米山公啓　命の値段が決まる時
米山公啓　元気でぼけない脳への57のルール
隆慶一郎　一夢庵風流記
連城三紀彦　美女
わかぎゑふ　OL放浪記
わかぎゑふ　ばかのたば

わかぎゑふ　それは言わない約束でしょ？
わかぎゑふ　秘密の花園
わかぎゑふ　ばかちらし
わかぎゑふ　大阪の神々
わかぎゑふ　花咲くばか娘
わかぎゑふ　大阪弁の秘密
わかぎゑふ　大阪人の掟
若竹七海　サンタクロースのせいにしよう
若竹七海　スクランブル
和久峻三　あんみつ検事の捜査ファイル　三つ首荘殺人事件
和久峻三　あんみつ検事の捜査ファイル　白骨夫人の遺言書
和久峻三　赤かぶ検事の名推理　京都祇園《ぎおん》祭宵山《よいやま》の殺人
和田秀樹　痛快！心理学　入門編　—なぜ僕らの心は壊れてしまうのか
和田秀樹　痛快！心理学　実践編　—どうしたら私たちはハッピーになれるのか
渡辺一枝　時計のない保育園
渡辺一枝　桜を恋う人

集英社文庫

愛《あい》には少《すこ》し足《た》りない

2007年9月25日　第1刷　　定価はカバーに表示してあります。

著　者　唯川《ゆいかわ》　恵《けい》

発行者　加藤　潤

発行所　株式会社　集英社
東京都千代田区一ツ橋2-5-10　〒101-8050
電話　03-3230-6095（編集）
03-3230-6393（販売）
03-3230-6080（読者係）

印　刷　中央精版印刷株式会社　株式会社美松堂

製　本　中央精版印刷株式会社

フォーマットデザイン　アリヤマデザインストア　　マークデザイン　居山浩二

ISBN978-4-08-746210-4 C0193